U0643558

百年文学主流 ★ 小说大系

总主编 张清华 翟文铖

本册主编 施冰冰

一颗未出膛的枪弹

热血与英雄

解放区的战争小说

山东城市出版传媒集团·济南出版社

图书在版编目（CIP）数据

一颗未出膛的枪弹 / 丁玲等著. — 济南：济南出版社，
2022.1
（百年文学主流小说大系 / 张清华，翟文铖主编）
ISBN 978-7-5488-4947-6

Ⅰ.①一… Ⅱ.①丁… Ⅲ.①中篇小说—小说集—
中国—当代②短篇小说—小说集—中国—当代 Ⅳ.
①I247.7

中国版本图书馆 CIP 数据核字 (2022) 第 001738 号

百年文学主流小说大系·一颗未出膛的枪弹
本册主编：施冰冰

责任编辑：宋涛 姜天一
装帧设计：牛钧

出版发行：济南出版社
编辑热线：0531-82772895
地址：山东省济南市二环南路 1 号
印刷：济南新科印务有限公司
版次：2022 年 1 月第 1 版
印次：2022 年 1 月第 1 次印刷
成品尺寸：148mm x 210mm 1/32
印张：7.5
字数：167 千字
印数：1—5000 册

定价：56.00 元

如有印装质量问题，请与出版社出版部联系调换
电话：0531-86131736

版权所有 盗版必究

总序

　　自从 1918 年 5 月 15 日 4 卷 5 号的《新青年》上刊载了现代中国第一篇白话小说《狂人日记》至今，新文学已走过了百余年历史。百年以来，新文学始终与现代中国社会历史的风云变迁相互交织激荡，从启蒙到救亡，从民族解放到社会变革，所有重大的事件、历史的转折，还有这一切背后的精神流变，都在文学中留下了生动的印记。

　　因此，本套丛书的出版目的，即是要通过对经典作品的系统梳理，完整而形象地再现这一过程，展示其历史与精神景观。每篇作品都承载着一段民族记忆：或是一个历史的瞬间，或是一个生活的小景，或是一朵思想的火花，或是一道情感的涟漪，但这一切都与大历史的变迁息息相关，都与社会进步的洪流汇通呼应。

　　为了尽量完整地呈现这种历史感，我们按照时间线索，依循文学史演变的轨迹，选择了若干重大的现象，它们或属文学流派，或是文学运动，总之都是百年新文学中最接近于社会主流运动的部分，故称之为"百年文学主流"。这一名称，得自丹麦文学史家勃兰兑斯的《十九世纪文学主流》的启示，同时也贴合着百年新文学的实际。

这套丛书的定位是普及本，阅读对象首先是普通读者、文学爱好者，包括广大学生读者，其次才面向专业研究人员。因此，主题内容上的积极健康是我们选编持守的一个基本标准。选文尽力容纳每个时代最具代表性的作品，因为它们更多承载着时代的主导价值和进步的精神追求，且能让我们以最直观的方式感受到历史跳动的脉搏。

除了上述要求外，最能体现本丛书编选特色的，是我们还特别关注作品的艺术性和可读性。尽管是"主流"，但绝不意味着对于艺术标准的忽略。同样是某一时期的作品，我们会尽量选取那些艺术上更为成熟和讲究的，如孙犁的《铁木前传》、宗璞的《红豆》、王蒙的《组织部来了个年轻人》这些脍炙人口的名篇；甚至还有一些特别富有艺术探索倾向的作品，像魏金枝的《制服》、萧红的《手》、端木蕻良的《爷爷为什么不吃高粱米粥》、萧平的《三月雪》等，都采用了儿童的叙事视角，通过对视野的限制和陌生化处理，使叙述显得更富有诗意。

正是因为对艺术标准的注重，这套丛书还选入了一些相对"另类"的篇目，在其他普及本中难得一见。如洪灵菲的《在木筏上》、曾克的《女神枪手冯凤英》、秦兆阳的《秋娥》、徐怀中的《十五棵向日葵》、海默的《深山里的菊花》等等，不一而足。这些作品要么在人物与故事上更加新奇，要么在风格上更为独特和陌生，总之都会给读者带来更新鲜的体验。

长篇小说是"百年文学主流"中的砥柱之作，但篇幅所限，无法像中短篇那样尽行选入，只能在今后该丛书的其他分类卷次中一一展现。

丛书以历史的流变和风格的趋近为划编依据，分为以下10卷：

《天下太平》　普罗文学与"左联"小说

《没有祖国的孩子》　"东北作家群"小说

《暴风雨的一天》　抗战时期的"左翼"小说

《喜事》　解放区的翻身小说

《一颗未出膛的枪弹》　解放区的战争小说

《喜鹊登枝》　"十七年"的合作化小说

《十五棵向日葵》　"十七年"的革命历史小说

《明镜台》　"十七年"的探索小说

《第十个弹孔》　新时期的反思小说

《阵痛》　新时期的改革小说

　　将"东北作家群"独立编为一卷，是有特别的考虑。早在九一八事变以后，东北作家群已开始了四处漂泊的生活，创作出大量以悲情怀乡与抗日救亡为主题的作品，这应该是中国最早的"抗战文学"了。这个作家群后来与"左翼"作家非常贴近，萧军、萧红等深受鲁迅影响，亦是人所共知的事，因此，他们又被视为"左翼"创作的重要力量。将他们单列出来，除了因为其作品数量庞大，当然也是为了凸显该作家群的渊源与风格的独特性。

　　另外还需交代的，是每卷前面有一个编选序言，简要说明了该卷所涉作品的总体倾向、艺术特点、文学史地位等。每篇作品均配有一个简要的导读，分"关于作家"和"关于作品"两个部分。"关于作家"是一个作家小传，介绍作家的生平和创作简历；"关于作品"则主要介绍所选作品的思想艺术价值。所有导读文字，力图做到学术性和通俗性的结合，以让中学生和普通读者能够读懂。

至于文本版本的选定，原则上原始版本（初刊本或初版本）优先，亦选用"新文学大系"等权威选本中的文本，还有作者本人声明的定本或其他善本。每卷的字数大体均衡，约为 16～18 万字。此外，为保持作品原貌，使读者更易对写作时代的特点和笔触的风格产生深刻理解，对其中与现代用法不尽一致的字词暂做保留。

本丛书的编选者，或在高校任教，或在研究机构任职，或在国内外修读博士，但都是专门从事中国现当代文学专业研究的学者。依照本套丛书的选编顺序，编者们的具体分工如下：第一卷和第二卷由周蕾负责编撰，第三卷由黄瀚负责编撰，第四卷和第七卷由翟文铖负责编撰，第五卷由施冰冰负责编撰，第六卷由张高峰负责编撰，第八卷由刘诗宇负责编撰，第九卷由薛红云负责编撰，第十卷由陈泽宇负责编撰。

成书之际，适逢建党百年。百年风云舒卷，百年洪流激荡，百年文学亦堪称硕果累累。作为这一"主流"的一个汇集，一个展示，足以令人心潮澎湃。愿此书能够给亲爱的读者们带来一份慰藉，一份喜悦。

张清华　翟文铖

2021 年 6 月 8 日，于北京师范大学京师学堂

序

　　本书所选取的作品，集中发生在抗日战争和解放战争期间的各个解放区，包括陕甘宁、晋绥、晋察冀、晋冀鲁豫，以及山东、华北、东北等地。作品的作者主要是生活在解放区或者到过解放区的作家。

　　事实上，战争题材的小说在我国历史悠久，早在几千年前，《春秋》《诗经》中就有诸多关于战争的描述。至明清时代，随着小说的发展，文学中对战争的描绘也更加深入，比如《隋唐演义》和《三国演义》。中国近代战火纷飞，现代战争小说也应运而生。本书选取的作品基于特定历史时期，基本上是关于抗日战争和解放战争的。但值得注意的是，硝烟战火、枪林弹雨是战争最残酷的一面，但战争是全民的参与，是民族的深重灾难，对人们生活的影响是方方面面的，故而本书所选取的战争小说除了正面描写战场，也有围绕着战争中的人和事、情与景的描写，以及由此而传递的对战争中人情和人性的表达与反思。

　　本书所选取的作品主要参考康濯主编、重庆出版社出版的《中国解放区文学书系》和上海文艺出版社出版的《中国新文学大系 1937—1949》，同时兼顾各个版本的文学史以及作家们的作品集，尽可能涵盖解放区文学的不同作家，在主题上也尽可能多地表现战争文学的不同面向。其中既有正面描写战场之激烈，控诉战争之残酷的，如丘东平的《一个连长的战斗遭遇》；也有从个人创伤的角度来表现庞大的战争机器对个体的戕害，比如丁玲的《我在霞村的时候》和师田手的《大风雪里》；有塑造英勇果敢、深明大义的英雄形象的，如丁玲《一颗未出膛的枪弹》、姚雪垠的《差半车麦秸》等；也有表现革命战士与家人血肉相连的亲情的，如孙犁的《荷花淀》和《嘱咐》，曾克的《爱》，西虹的《英雄的父亲》；有表现战友们之间互帮互助、共同杀敌的生死之交的，如刘白羽的《无敌三勇士》；也有表现浓浓的军民鱼水情的，如艾芜的《两个伤兵》、杨朔的《月黑夜》；有从经济角度表现战争的，如陆地的《钱》；也有以医生的视角来展现战争的，如白刃的《太阳医生》。

战争给我们的国家和民族带来了深重的灾难，千万的人民流离失所、无数的家庭家破人亡。作为后人，当我们重读曾经的文学作品，感受到文字中流淌出的血和泪、控诉与挣扎时，我们不应该忘记，在这片土地上，无数的前辈为了民族自立、国家富强所做的牺牲，从而也应该更加深刻地理解自己肩负的责任与使命：继承前辈的勇敢坚强无畏等优秀品质，为国家的繁荣富强而继续奋斗。同时，从前的经验与书写，也应该使我们明白并牢记：战争、暴力和流血并非问题的解决之道，相反将带来巨大的灾难，因此，珍惜和平是我们的应有之义。

编　者

目录

一颗未出膛的枪弹

丁玲

【关于作家】

丁玲（1904—1986），原名蒋伟，字冰之，又名蒋炜、蒋玮、丁冰之，笔名彬芷、从喧等，湖南临澧人，著名作家、社会活动家。1928 年，丁玲发表代表作《莎菲女士的日记》，塑造了勇于反抗封建礼教又充满内心矛盾的女性形象。1930 年参加中国左翼作家联盟，1936 年奔赴延安，成为到达中央苏区的第一位知名作家。从此，她的创作也发生了较大变化，写出了《我在霞村的时候》《一颗未出膛的枪弹》《在医院中》等思想深刻的作品。1948 年 6 月写出反映中国革命运动的长篇小说《太阳照在桑干河上》，该小说获得 1951 年度斯大林文学奖金二等奖。1949 年以后担任中国作协党组书记及常务副主席等职。

【关于作品】

《一颗未出膛的枪弹》，创作于 1937 年 4 月 14 日。原载于

1937 年 4 月出版的《解放周刊》，后收入短篇小说集《一颗未出膛的枪弹》。小说描写了一个红军小战士在敌人的一次空袭中与队伍走散了，被一位农村老妇收养在家中，后来东北军来到村庄，将小战士搜出来要枪毙，他却镇定地请求连长用刀杀死他，以便节省一颗枪弹去打日本鬼子的故事。他的一番话感动了良心未泯的东北军连长，枪弹最终没有出膛。小说以抗日战争前夕作为背景，主要表达了呼吁建立抗日民族统一战线的主题，赞扬了红军小战士视死如归、大义凛然的高贵精神和乡亲们爱护红军战士的品格。小说对主要人物形象的刻画栩栩如生，语言描写、动作描写准确精当；全篇结构线索单纯，结局出人意料；语言朴实简练，有强烈的生活气息。

"说瞎话咧！娃娃，甭怕，说老实话，咱是一个孤老太婆，还能害你？"

一个瘪嘴老太婆，稀疏的几根白发从黑色的罩头布里披散在额上，穿一件很烂的棉衣，靠在树枝做的手杖上，亲热地望着站在她前面的张皇失措的孩子。这是一个褴褛得连帽子也没有戴的孩子。她又翕动着那没有牙齿的嘴，笑着说："你是……嗯，咱知道……"

这孩子大约有十三岁大小，骨碌碌转着两个灵活的眼睛，迟疑地望着老太婆，她显得很和气很诚实。他又远远地望着无际的原野上，没有一个人影，连树影也找不到一点。太阳已经下山了，一抹一抹的暮烟轻轻地从地平线上升起来，模糊了远去的无尽止的大道，这大道也将他的希望载得很远，而且也在模糊起来。他回过来又打量着老太婆，再一次重复他的话：

"真的一点也不知道么？"

"不，咱没听见过枪声，也没看见有什么人，还是春上红军走过这里，那些同志才真好，住了三天，唱歌给我们听，讲故事。咱们杀了三只羊，硬给了我们八块洋钱，银的，耀眼睛呢！后来东北军也跟着来了，那就不能讲，唉……"她摇着头，把注视在空中的眼光又回到小孩的脸上，"还是跟咱回去吧，天黑了，你往哪儿走，万一落到别人手上，哼……"

一步一拐她就向前边走去，有一只羊毛毡做的长筒袜筒笼着那双小脚。

小孩子仍旧凝视着四围的暮色，却又不能不跟在她后边，而且用甜的语声问起来了：

"好老人家，你家里一共有几口人？"

"一个儿子，帮别人放羊去了，媳妇孙女都在前年死光了。前年死的人真多，全是一个样子病，知道是什么邪气？"

"好老人家，你到什么地方去了来？"

"我有一个侄女生产，去看了来，她那里又不能住，来回二十多里地，把咱走坏了。"

"让我来扶着你吧。"小孩子跑到前边扶着她，亲热地仰着脖子从披散着的长发中又来打量她，"村上有多少人家呢？"

"不多，七八户，都是种地的苦人。你怕有人会害你吗？不会的。到底你是怎样跑到这里来的？告诉我，你这个小红军！"她狡猾地眨着无光的老眼，却又很亲热地用那已不能表示感情的眼光抚摩着这流落的孩子。

"甭说那些吧。"他也笑了，又轻声地告诉她，"回到村子里，说捡来的一个孩子算了。老人家，我就真的替你做儿子吧，我会烧饭，会砍柴，你有牲口么？我也会喂牲口……"

牲口，小孩子回忆起那匹枣骝色的马来了，多好的一匹马，它全身一个颜色，只有鼻子当中一条白，他就常常去摸它的鼻子，望着它，它也望着他，轻轻地喷着气，用鼻尖去触他，多乖的一匹马！他喂了它半年了，它是从蛮子地得来的，是政治委员的，团长那匹白马也没有它好。他想起它来了，他看见那披拂在颈上的长毛和垂地的长尾，还有那……他觉得有一双懂事的，爱着他的马眼在望着他，于是泪水不觉一下就涌上了眼睑。

"我喂过牲口的！我喂过牲口的！"固执地、重复地说了又说。"呵，你是个喂牲口的，你的牲口和主人跑到什么地方去了？你却落到这里！"

慢慢地两个人便来到一个沟口了。沟里错错落落有几个窑门，还有两个土围的院子，他牵着她在一个斜路上走下去，却不敢作声，只张着眼四方搜索着。沟里已经黑起来了，有两个窑洞里已露出微明的灯光，一匹驴子还在石磨边打圈，却没有人。他们走过两个窑洞前，从门隙处飘出一阵阵的烟，小孩子躲在她的身后，在一个窑门前停下了。她开了锁，先把他让了进去，窑里黑魆魆的，他不敢动，听着她摸了进去，在找着东西，她把灯点上了，是一盏油灯，有一点小小火星从那里发出来。

"不要怕，娃娃！"她哑着声音，"去烧火，让我们煮点子小米稀饭，你也该饿了吧？"

两个人坐在灶前，灶里的火光不断地舐在他们脸上，锅里有热气喷出来了，她时时抚摩着他。他呢，他暖和了，他感到很饥饿，而且他知道在今天晚上，可以有一个暖热的炕，他满足着，一个将要到来的睡眠，因为疲倦已很厉害地袭着他了。

陕北的冬天，在夜里，常起着一阵阵的西北风。孤冷的月亮在薄云中飞逝，把暗淡的水似的光辉，涂抹着无际的荒原。但这埋在一片黄土中的一个黑洞里，却正有一个甜美的梦在拥抱这流落的孩子。他这时正回到他的队伍里，同司号兵或宣传队员在玩着，或是就让团长扭他的耳朵而且亲昵地骂着："娘卖屄，你这棰子，吃了饭为什么不长呢？"也许他又正牵着枣骝色的牡马，用肩头去抵那含了嚼口的下唇。而那个龌龊褴褛的孤老太婆，也远离了口外的霜风，沉沉地酣睡在他的旁边。

"我是瓦窑堡人。"村上的人常常有趣地向孩子重述着这句话，谁也明白这是假话，尤其是几个年轻的妇女，拈着一块鞋片走到他面前，摸着他冻得有裂口的小手，问他："你到底是哪搭人，你说的话咱解不下①嘛！瓦窑堡的？你娃娃哄人咧！"

孩子跟在后边到远处去割草，大捆地压着，连人也捆在了里边似的走回来。四野全无人影，蒙着尘土的沙路上，也寻不到多的杂乱的马蹄和人脚的迹印，依着日出日落，他辨得出方向，他热情地望着东南方，那里有着他的朋友，他的亲爱的人，那个他生长在里边的四方飘行着的他的家。他们，大的队伍到底走得离他多少远了呢？他懊恼自己，想着那最后一些时日，他们几个马夫，几个特务员跟着几个首长在一个山坳子里躲飞机，他藏在一个小洞里，倾听着不断的炸弹的爆炸，他回忆到许多次他的危险。后来，安静了，他从洞中爬了出来，然而只剩他一人了。他大声地叫过，他向着他以为对的路上狂奔，却始终没遇到一个人，孤

①解不下：懂不了的意思。

5

独地窜走了一个下午，夜晚冷得睡不着，第二天，又走到黄昏，才遇着了老太婆。他的运气是好的，这村子上人人都喜欢他，优待他，大概都在猜他是掉了队的红军，却并没有什么可担心的事。但运气又太坏了，为什么他们走了，他会不知道呢？他要回去，他在那里过惯了，只有那一种生活才能养活他，他苦苦地想着他们回来了，或是他能找到几个另外掉队的人。晚上他又去汲水，也没有一点消息。广漠的原野上，他凝视着，似乎有声音传来，是熟悉的那点名的号声吧。

隔壁窑里那个后生，有两个活泼的黑眼和一张大嘴，几次拍着他的肩膀，要他唱歌。他起始就觉得有一种想亲热他的欲望，后来才看出他长得很像他们的军长。他只看到军长，有一次是在行军的路上，军长休息在那里，他牵马走过去吃水。军长笑着问过他："你这个小马夫是什么地方人？怎样来当红军的？"他记得他的答复是："你怎样来当红军的，我也就是那样。"军长却更笑了："我问你，为什么要打倒日本帝国主义？"他又听到军长低声地对他旁边坐的人说："要好好教育，这些'小鬼'都不错呢。"那时他几乎跳了起来，望着军长的诚恳的脸，只想扑过去，从那时他就更爱他。现在这后生却长得跟军长一个样，这就更使他想着那些走远了去的人群。

有人送了苞谷做的馍来，还有人送来了一碗酸菜。一双羊毛袜子也穿在脚上了。一顶破毡帽也盖在头上了。他的有着红五星的帽子仍揣在怀里，不敢拿出来。大家都高兴地来盘问着，都显着一个愿望，愿望他能说出一点真情的话，那些关于红军的情形。

"红军好嘛！今年春上咱哥哥到过苏区的，说那里的日子过得好，红军都帮忙老百姓耕田咧！"

"你这么一个娃娃，也当红军，你娘你老子知道么？"

"同志！是不是？大家都当着这么叫的。同志！你放心，尽管说吧，咱都是一家人！"

天真的，热情的笑浮上了孩子的脸。像这样的从老百姓那里送来的言语和颜色，他是常常受到的，不过没有想到一个人孤独地留在村上却来得更亲热。他暂时忘去了忧愁，他一连串解释着红军是一个什么军队，那些他从小组会上或是演讲里面学得的一些话，熟练地背着许多术语。

"红军是革命的军队，是为着大多数工人农民谋利益的……我们红军当前的任务，就是为解放中华民族而奋斗，要打倒日本帝国主义，因为日本快要灭亡中国了，一切不愿做亡国奴的人都要参加红军去打日本……"

他看见那些围着他的脸，都兴奋地望着他，露出无限的羡慕；他就更高兴，老太婆也瘪着嘴笑说道：

"咱一看就看出了这娃娃不是咱们这里的人，你们看他那张嘴多么灵呀！"

他接着就述说一些打仗的经验，他并不夸张，而事实却被他描写得使人难信，他只好又补充着：

"那因为我们有教育，别的士兵为了两块钱一月的饷，而我们是为了阶级和国家的利益，红军没有一个怕死的；谁肯为了两块钱不要命呢？"

他又唱了许多歌给他们听，小孩子们都跟着学。妇女们抹着额前的刘海，露出白的牙齿笑。但到了晚上，人都走空了时，他却沉默了。他又想起了队伍，想起了他喂过的马，而且有一丝恐怖，万一这里的人，有谁走了水，他将怎样呢？

老太婆似乎窥出了他的心事，便把他按在炕上被子里，狡猾地笑道："如果有什么坏人来了，你不好装病就这么躺下么？放一百二十个心，这里全是好人！"

村子上的人，也这么安慰他："红军又会来的，那时你就可以回去，我们大家都跟你去，好不好呢？"

"我是瓦窑堡人！"这句话总还是时时流露在一些亲昵的嘲笑中，他也就只好回复一个不好意思的笑。

有一夜跟着狂乱的狗吠声中，院子里响起了庞杂的声音，马夹在里面嘶叫，人的脚步声和喊声一齐涌了进来，分不清有多少人马，顿时沸腾了死似的这孤零的小村。

"蹬下去，不要响，让我先去看看。"老婆子按着身旁的孩子站起身往窑门走去。

烧着火的孩子，心在剧烈地跳："难道真的自己人来了吗？"他坐在地下去，将头靠着壁，屏住气听着外边。

"嘭！"窑门却在枪托的猛推之中打开了，淡淡的一点天光照出一群杂乱的人影。

"妈啦巴子……"冲进来的人把老太婆撞到地上，"什么狗入的拦路……"他一边骂，一边走到灶边来了："哼，锅里预备着咱老子们的晚饭吧。"

孩子从暗处悄悄看了他一下，他认得那帽子的样子，那帽徽是不同的，他更紧缩了他的心，恨不得这墙壁会陷进去，或是他生了翅膀飞开了去，不管是什么地方都好，只要离开了这新来的人群。

跟着又进来了几个，隔壁窑里边，有孩子们哭到院子里去了。

发抖的老太婆挣着爬了起来，摇摆着头，走到灶前孩子身旁，痉挛地摸索着。无光的老眼，巡回着那些陌生的人，一句话也不敢响。

粮食篓子翻倒了，有人捉了两只鸡进来，院子里仍奔跑着一些脚步。是妇女的声音吧："不得好死的……"

"鬼老婆子，烧火呀！"

这里的人又跑到隔壁，那边的又跑来了，刺刀弄得吱吱响，枪托子时时碰着门板或是别的东西。风时时从开着的门口吹进来，带着恐惧的气息，空气里充满了惊慌，重重地压住这村庄，月儿完全躲在云后边去了。

一阵骚乱之后，喂饱了的人和马都比较安静了，四处狼藉着碗筷和吃不完的草料。好些人已经躺在炕上，吸着搜索来的鸦片；有的围坐在屋子当中，那里烧了一堆木柴，喝茶，唱着淫靡的小调。

"妈啦巴子，明天该会不开差吧，这几天走死了，越追越远，那些红鬼的腿究竟是怎么生的？"

"还是慢点走的好，提防的就是怕他打后边来，这种亏我们是吃过太多了。"

"明天一定会驻下来，后续部队还离三十多里地，我们这里才一连人，唉，咱老子这半年真被这起赤匪治透了。就是这么跑来跑去，这种鬼地方人又少，粮又缺乏，冷么冷得来，真是他妈！"

有眼光扫到老太婆脸上，她这时还瑟缩地坐在地下，掩护她身后的孩子。"呸。"一口痰吐到了她身上。

"这老死鬼干吗老挨在那儿。张大胜，你走去搜她，看那里，准藏有娘儿们。"

老婆子一动，露出了躲在那里的孩子。

"是的，有人，没错，一个大姑娘。"

有三个人扑过来了。

"老爷，饶了咱吧，咱就只这一个孙子，他病咧！"他被拖到一边，头发散披在脸上。

孩子被抓到了火跟前。那个张大胜打了他一个耳光，为什么他却是个小子呢！

"管他，妈啦巴子，"另外一双火似的眼睛逼拢了来，揪着他，在开始撕他的衣。

"天呀！天杀的呀！"老太婆骇得叫起来了。

"娘卖屄！老子有手枪先铳了你这畜生！"这是孩子大声的嚷叫，他因为忿怒倒一点也懂不得惧怕了，镇静地瞪着两颗眼睛，那里燃烧着凶的火焰，踢了一脚出去，不意竟将那家伙打倒了，抽腿便朝外跑，却一下又被一只大掌擒住了！

"什么地方来的这野种！"一拳又落在他身上，"招来，你姓什么，干什么的？你们听他口音，他不是这里人！"

孩子不响，用力地睁着两个眼睛，咬紧牙齿。

"天老爷呀！他们要杀咱的孙子呀！可怜咱就这一个孙子，咱要靠他送终的……"爬了起来的老太婆又被摔到地上了。她就号哭起来。

这时门突然开了，门口直立着一个人，屋子里顿时安静了，全立了起来，张大胜在敬礼之后说：

"报告连长，有一个混账小奸细。"

连长走了进来，审视着孩子，默然地坐到矮凳上。

消息立即传播开了："啊呀！在审问奸细呀！"窑外边密密层层挤了许多人。

"咱的孙子嘛！可怜咱就这一个种，不信问问看，谁都知道的……"

几个老百姓战战兢兢地在被盘问，壮着胆子答应："是她的孙子……"

"一定要搜他，连长！"是谁看到连长有释放那孩子的意思了，这样说。同时门外也有别的兵士在反对："一个小孩子，什么奸细！"

连长又凝视了半天那直射过来的眼睛，便下了一道命令："搜他！"

一把小洋刀，两张纸票子从口袋里翻了出来。裤带上扎了一顶黑帽子，这些东西兴奋了屋子里所有的人，几十只眼睛都全放在连长的手上，连长在翻弄着这些物品。纸票上印的有两个人头，一个是列宁，另一个是马克思，反面有一排字："中华苏维埃人民共和国国家银行"。帽子上闪着一颗光辉的红色五星。孩子看见了这徽帜，心里更加光亮了，热烈地投过去崇高的感情，静静地他等待判决。

"妈啦巴子，坏鸡巴蛋，这么小也做土匪！"站在连长身旁的人这么说了。

"招来吧！"连长问他。

"没有什么招的，任你们杀了吧！不过红军不是土匪，我们从来没有骚扰过老百姓，我们四处受人欢迎，我们对东北兵是好的，我们争取你们和我们一道打日本，有一天你们终会明白过来的！"

"这小土匪真顽强，红军就是这么凶悍的！"

但他的顽强虽说激怒了一些人的心，同时也得了许多尊敬，这是从那沉默的空气里感染得到的。

连长仍是冷冷地看着他，又冷冷地问道：

"你怕死不怕？"

这问话似乎羞辱了他，不耐烦地昂了一下头，急促地答道：

"怕死不当红军！"

围拢来看的人一层一层地在增加，多少人在捏一把汗，多少心在担忧，多少眼睛变成怯弱的，露出乞怜的光去望着连长。连长却深藏着自己的情感，只淡淡地说道：

"那么给你一颗枪弹吧！"

老太婆又号哭起来了。多半的眼皮沉重地垂下了。有的便走开去。但没有人，就是那些凶狠的家伙也没有请示，是不是要立刻执行。

"不，"孩子却镇静地说了，"连长！还是留着一颗枪弹吧，留着去打日本！你可以用刀杀掉我！"

忍不住了的连长，从许多人之中跑出来用力拥抱着这孩子，他大声喊道：

"还有人要杀他的么？大家的良心在哪里？日本人占了我们的家乡，杀了我们的父母妻子，我们不去报仇，却老在这里杀中国人。看这个小红军，我们配拿什么来比他！他是红军，是我们叫他赤匪的，谁还要杀他么，先杀了我吧……"声音慢慢地由嘶哑而梗住了。

人都涌到了一块来，孩子觉得有热的水似的东西滴落在他手上，在他衣襟上。他的眼也慢慢模糊了，在雾似的里面，隔着一层毛玻璃，那红色的五星浮漾着，渐渐地高去，而他也被举起来了！

一九三七年四月十四日

我在霞村的时候

丁玲

【关于作品】

《我在霞村的时候》原载于1941年6月出版的《中国文艺》第3卷第1期，收入《丁玲文集》第三卷。小说以第一人称"我"为视角，从侧面讲述了农村青年女性的不幸命运及觉醒。作者描写的主人公贞贞，是个本性洒脱、明朗、快乐的年轻姑娘，因惨遭日本兵的蹂躏，染上严重的性病。她从敌人处跑回家乡后，虽然得到部分人的关怀，但受到了世俗眼光的鄙弃和蔑视。她决心摆脱旧环境，去延安开始新的生活。小说生动地描写了一位有血有肉有个性的农村青年女性形象，她大胆、开朗、勇敢、倔强，深受同情；同时小说深刻揭露了抗日战争期间日本侵略者十恶不赦的罪行。全篇小说充满了女性的温柔与体恤，对战争期间女性的苦难遭遇给予了充分的理解和同情，又在某种程度上控诉了同村人对贞贞创伤的污名化，同时表明，贞贞自身的勇敢和坚强是对这种污名化的最有力反抗。在动荡的战争年代，小说描写中的温情脉脉，和主人公自身的高贵品质，是最动人之处。

因为政治部太嘈杂，莫俞同志决定要把我送到邻村去暂住，实际我的身体已经复原了，不过既然有安静的地方暂时休养，趁这机会整理一下近三月来的笔记，觉得也很好，我便答应他到霞村去住两个星期，那里离政治部有三十里路。

同去的还有一位宣传科的女同志，她大约有些工作，她不是个好说话的人，所以一路显得很寂寞。加上她是一个"改组派"的脚，我的精神又不大好，我们上午就出发，太阳快下山了，才到达目的地。

远远看这村子，也同其他村子差不多。但我知道，这村子里还有一个未被毁去的建筑得很美丽的天主教堂和一个小小的松林，我就将住在靠山的松林里，从这里可以直望到教堂。现在已经看到靠山的几排整齐的窑洞和窑洞上的绿色的树林，我觉得很满意这村子。

从我的女伴口里，我认为这村子是很热闹的，但当我们走进村口时，却连一个孩子，一只狗也没有碰到，只是几片枯叶轻轻地被风卷起，飞不多远又坠下来了。

"这里从先是小学堂，自从去年鬼子来后就毁了，你看那边台阶，那是一个很大的教室呢。"阿桂（我的女伴）告诉我，她显得有些激动，不像白天那样沉默了。她接着又指着一个空空的大院子："一年半前这里可热闹呢，同志们天天晚饭后就在这里打球。"

她又急起来了："怎么今天这里没有人呢？我们是先到村公所去，还是到山上去呢？咱们的行李也不知道捎到什么地方去了，总得先闹清才好。"

村公所大门墙上，贴了很多白纸条，上面写着"××会办事处""××会霞村分会""……"。但我们到了里边，却静悄悄的，找不到一个人，几张横七竖八的桌子空空地摆在那里。我们正奇怪，匆匆地跑来一个人，他看了一看我，似乎想问什么，接着又把话咽下去了，还想往外跑，但被我们叫住了。

他只好连连地答应我们："我们的人嘛，都到村西口去了。行李？嗯，是有行李，老早就抬到山上了，是刘二妈家里。"他一边说一边打量着我们。

我们知道了他是农救会的人，便要求他陪同我们一道上山去，并且要他把我写给这边一个同志的条子送去。

他答应替我们送条子，却不肯陪我们，而且显得有点不耐烦的样子，把我们丢下独自跑走了。

街上也是静悄悄的，有几家在关门，有几家门还开着，里边黑漆漆的，我们也没有找到人。幸好阿桂对这村子还熟，她引导着我走上山，这时已经黑下来了，冬天的阳光是下去得快的。

山不高，沿着山脚下去，错错落落有很多石砌的窑洞，也常有人站在空坪上眺望着。阿桂明知没有到，但一碰着人便要问：

"刘二妈的家是这样走的么？""刘二妈的家还有多远？""请你告诉我怎样到刘二妈的家里？"或是问："你看见有行李送到刘二妈家去过么？刘二妈在家么？"

回答总是使我们满意的，这些满意的回答一直把我们送到最远的，最高的刘家院子里，两只小狗最先走出来欢迎我们。

接着有人出来问了。一听说是我，便又出来了两个人，他们掌着灯把我们送进一个院子，到了一个靠东的窑洞里。这窑洞里面很空，靠窗的炕上堆得有我的铺盖卷和一口小皮箱，还有阿桂的一条被子。

他们里面有认识阿桂的，拉着她的手问长问短的，后来索性把阿桂拉出去了。我一个人留在这屋子里，只好整理铺盖。我刚要躺下去，她们又涌进来了。有一个青年媳妇托着一缸面条，阿桂、刘二妈和另外一个小姑娘拿着碗、筷和一碟子葱同辣椒，小姑娘又捧来一盆燃得红红的火。

她们殷勤地督促着我吃面，也摸着我的两手、两臂。刘二妈和那媳妇也都坐上炕来了。她们露出一种神秘的神气，又接着谈讲着她们适才所谈到的一个问题。我先还以为她们所诧异的是我，慢慢我觉得不是这样的，她们只热心于一点，那就是她们谈话的内容。我无头无尾地听见几句，也弄不清，尤其是刘二妈说话之中，常常把声音压低，像怕什么听见似的那么耳语着。阿桂已经完全变了，她仿佛蛮能干的，很爱说话，而且也能听人说话的样子，她表现出很能把握住别人说话的中心意思。另外两个人不大说什么，不时也补充一两句，却那么聚精会神地听着，生怕遗漏去一个字似的。

忽然院子里发生一阵嘈杂的声音，不知有多少人在同时说话，也不知道闯进了多少人来。刘二妈几人慌慌张张地都爬下炕去往外跑，我也莫名其妙地跟着跑到外边去看。这时院子里实在完全黑了，有两个纸糊的红灯笼在人丛中摇晃，我挤到人堆里去瞧，什么也看不见，他们也是无所谓地在挤着而已，他们都想说什么，都又不说，只听见一些极简单的对话，而这些对话只有更把人弄糊涂的：

"玉娃，你也来了么？"

"看见没有？"

"看见了，我有些怕。"

"怕什么，不也是人么，更标致了呢。"

16

我开始以为是谁家要娶新娘子了，他们回答我不是的；我又以为是俘虏兵到了，却还不是的。我跟着人走到中间的窑门口，却见窑里挤得满满的是人，而且烟雾沉沉的看不清，我只好又退出来。人似乎也慢慢地退去了，院子里空旷了许多。

我不能睡去，便在灯底下整理着小箱子，翻着那些练习簿，相片，又削着几支铅笔。我显得有些疲乏，却又感觉着一种新的生活要到来以前那种昂奋。我分配着我的时间，我要从明天起遵守规定下来的生活秩序，这时却有一个男人嗓子在门外响起了：

"还没有睡么，××同志？"

还没有等到我答应，这人便进来了，是一个二十岁左右的，还文雅的乡下人。

"莫主任的信我老早就看到了，这地方还比较安静，凡事放心，都有我，要什么尽管问刘二妈。莫主任说你要在这里住两个星期，行，要是住得还好，欢迎你多住一阵。我就住在邻院，下边的那几个窑，有事就叫这里的人找我。"

他不肯上炕来坐，地下又没有凳子，我便也跳下炕去：

"呵，你就是马同志，我给你的一个条子收到了么？请坐下来谈谈吧。"

我知道他在这村子上负点责，是一个未毕业的初中学生。

"他们告诉我，你写了很多书，可惜我们这里没有买，我都没有见到。"他望了望炕上开着口的小箱子。

我们话题一转到这里的学习情形时，他便又说："等你休息几天后，我们一定请你做一个报告，群众的也好，训练班的也好，总之，你一定得帮助我们，我们这里最艰难的工作便是'文化娱乐'。"

像这样的青年人我在前方看了很多，很多，当刚刚接触他们的时候常常感到惊讶，觉得这些同自己有一点距离的青年们实在变得很快，我又把话拉回来：

"刚才，他们发生了什么事么？"

"刘大妈的女儿贞贞回来了。想不到她才了不起呢。"即刻我感到在他的眼睛里面多了一样东西，那里面放射着愉快的、热情的光辉。

我正要问下去时，他却又加上说明了："她是从日本人那里回来的，她已经在那里干了一年多了。"

"呵！"我不禁惊叫起来了。

他打算再告诉我一些什么时，外边有人在叫他了，他只好对我说明天他一定叫贞贞来找我。而且他还提醒我注意似的，说贞贞那里"材料"一定很多的。

很晚阿桂才回来睡，她躺到床上老是翻来覆去的，睡不着，不住地唉声叹气。我虽说已经疲倦到极点了，仍希望她能告诉我一些关于今晚上的事情。

"不，××同志！我不能说，我真难受，我明天告诉你吧，呵！我们女人真作孽呀！"于是她把被蒙着头，动也不动，也再没有叹息，我不知道她什么时候才睡着的。

第二天一早我到屋外去散步，不觉得就走到村子底下去了。我走进了一家杂货铺，一方面休息，一方面买了他们很多枣子，是打算送给刘二妈家里煮稀饭吃的。那杂货铺老板听我说住在刘二妈家里，便挤着那双小眼睛，有趣地低声问我道："她那侄女儿你看见了么？听说病得连鼻子也没有了，那是给鬼子糟蹋的呀。"他又转过脸去朝站在里边门口的他的老婆说："亏她有脸面回家来，真是她爹刘福生的报应。"

"那娃儿向来就风风雪雪的，你没有看见她早前就在街上浪来浪去，她不是同夏大宝打得火热么？要不是夏大宝穷，她不老早就嫁给他了么？"那老婆子拉着衣角走了出来。

"谣言可多呢，"他转过脸来抢着又说。这次他的眼睛已不再眨动了，却做出一副正经的样子，"听说起码一百个男人总'睡'过，哼，还做了日本官太太，这种缺德的婆娘，是不该让她回来的。"

我忍住了气，因为不愿同他吵，就走出来了。我并没有再看他，但我感觉到他又眯着那小眼睛很得意地望着我的背影。

走到天主堂转角的地方，又听到有两个打水的妇人在谈着，一个说：

"还找过陆神父，一定要做姑姑，陆神父问她理由，她不说，只哭，知道那里边闹的什么把戏，现在呢，弄得比'破鞋'还不如……"

另一个便又说："昨天他们告诉我，说走起路来一跛一跛的，唉，怎么好意思见人！"

"有人告诉我，说她手上还戴的有金戒指，是鬼子送的哪！"

"说是还到大同去过，很远的，见过一些世面，鬼子话也会说哪。……"

这散步于我是不愉快的，我便走回家来了。这时阿桂已不在家，我就独自坐在窑洞里读一本小册子。

我把眼睛从书上抬起来，看见靠墙立着两个粮食篓子，那大约很有历史的吧，它的颜色同墙壁一般黑，我把一块活动的窗户纸掀开，看见一片灰色的天（已经不是昨天来时的天气）和一片扫得很干净的土地，从那地的尽头，伸出几株枯枝的树，疏疏朗朗地划在那死寂的铅色的天上。院子里没有什么人走动。

我又把小箱子打开，取出纸笔来写了两封信。怎么阿桂还没回来呢？我忘记她是有工作的，而且我以为她将与我住下去似的了。

冬天的日子本来是很短的，但这时我却以为它比夏天的还长呢。

后来我看见那小姑娘出来了，于是跳下坑到门外去招呼她，她只望着我笑了一笑，便跑到另外一个窑洞里去了。我在院子里走了两圈，看见一只苍鹰飞到教堂的树林子里边去了。那院子里有很多大树。

我又在院子里走起来，走到靠右边的尽头，我听见有哭泣的声音，是一个女人，而且压抑住自己，时时都在擤鼻涕。

我努力地排遣自己，思索着这次来的目的和计划，我一定要好好休养，而且按照自己规定的时间去生活。于是我又回到房子里来了，既然不能睡，而写笔记又是多么无聊呵！

幸好不久刘二妈来看我了，她一进来，那小姑娘跟着也来了，后来那媳妇也来了。她们都坐到我的炕上，围着一个小火盆。那小姑娘便察看着那小方炕桌上的我的用具。

"那时谁也顾不到谁，"刘二妈述说着一年半前鬼子打到霞村来的事，"咱们住在山上的还好点，跑得快，村底下的人家有好些都没有跑走。也是命定下的，早不早迟不迟，这天咱们家的贞贞却跑到天主堂去了，后来才知道她是找那个外国神父要做姑姑去的，为的也是风声不好，她爹正在替她讲亲事，是西柳村一家米铺的小老板，年纪快三十了，填房，家道厚实，咱们都说好，就只贞贞自己不愿意，她向着她爹哭过。别的事她爹都能依她，就只这件事老头子不让，咱们老大又没儿，总企望把女儿许个好人家。谁知道贞贞却赌气跑到天主堂去了，就那一忽儿，落在火坑了哪，您说做娘老子的怎不伤心……"

"哭的是她的娘么？"

"就是她娘。"

"你的侄女儿呢？"

"侄女儿么，到底是年轻人，昨天回来哭了一场，今天又欢天喜地到会上去了，才十八岁呢。"

"听说做过日本人太太，真的么？"

"这就难说了，咱也摸不清，谣言自然是多得很，病是已经弄上身了，到那种地方，还保得住干净么？小老板的那头亲事，还不吹了，谁还肯要鬼子用过的女人！的的确确是有病，昨天晚上她自己也说了。她这一跑，真变了，她说起鬼子来就像说到家常便饭似的，才十八岁呢，已经一点也不害臊了。"

"夏大宝今天还来过呢，娘！"那媳妇悄声地说着，用探问的眼睛望着二妈。

"夏大宝是谁呢？"

"是村底下磨房里的一个小伙计，早先小的时候同咱们贞贞同过一年学，两个要好得很，可是他家穷，连咱们家也不如，他正经也不敢怎样的，偏偏咱们贞贞痴心痴意，总要去缠着他，一来又怪了他：要去做姑姑也还不是为了他？自从贞贞给日本鬼子弄去后，他倒常来看看咱们老大两口子。起先咱们大爹一见他就气，有时骂他，他也不说什么，骂走了第二次又来，倒是一个有良心的孩子，现在自卫队当一个小排长呢。他今天又来了，好像向咱们大妈求亲来着呢，只见她哭，后来他也哭着走了。"

"他知不知道你侄女儿的情形呢?"

"怎会不知道? 这村子里就没有人不清楚，全比咱们自己还清楚呢。"

"娘，人都说夏大宝是个傻孩子呢。"

"嗯，这孩子总算有良心，咱们愿意这头亲事的。自从鬼子来后，谁还再是有钱的人呢? 看老大两口子的口气，也是答应的，唉，要不是这孩子，谁肯来要呢? 莫说有病，名声就实在够受了。"

"就是那个穿深蓝色短棉袄，戴一顶古铜色翻边毡帽的。"小姑娘闪着好奇的眼光，似乎也很了解这回事。

在我记忆里出现了这样一个人影: 今天清晨我出外散步的时候，看见了这么一个年轻的小伙子，有着一副很机灵也很忠厚的面孔，他站在我们院子外边，却又并不打算走进来的样子，约莫当我回家时，又看他从后边的松林里走出来。我只以为是这院子里人或邻院的人，我那时并没有很注意他，现在想起来，倒觉得的确是一个短小精悍，很不坏的年轻人。

我的休养计划怕不能完成了，为什么我的思绪这样乱? 我并不着急要见什么人，但我幻想中的故事是不断地增加着。

阿桂现出一副很明白我的神气，望着我笑了一下便走出去了。

我明白了她的意思，于是来回在炕上忙碌了一番: 觉得我们的铺，灯，火都明亮了许多。我刚把茶缸子搁在火上的时候，果然阿桂已经回到门口了，我听见她后边还跟的有人。

"有客人来了，××同志!"阿桂还没有说完，便听见另外一个声音扑哧一笑: "嘻……"

在房门口我握住了这并不熟识的人的手了。她的手滚烫，使我不能不略微吃惊。她跟着阿桂爬上炕去时，在她的背上，长长地垂着一条发辫。

这间使我感到非常沉闷的窑洞，在这新来者的眼里，却很新鲜似的，她用蛮有兴致的眼光环绕地探视着。她身子稍稍向后仰地坐在我的对面，两手分开撑在她坐的铺盖上，并不打算说什么话似的，最后把眼光安详地落在我的脸上了。阴影把她的眼睛画得很长，下巴很尖。虽在很浓厚的阴影之下的眼睛，那眼珠却被灯光和火光照得很明亮，就像两扇在夏天的野外屋子里洞开的窗子，是那么坦白，没有尘垢。

我也不知道如何来开始我们的谈话，怎么能不碰着她的伤口，不会损害到她的自尊心。我便先从缸子里倒了一杯已经热了的茶。

"你是南方人吧？我猜你是的，你不像咱们省里的人。"倒是贞贞先说了。

"你见过很多南方人么？"我想最好随她高兴说什么我就跟着说什么。

"不，"她摇着头，仍旧盯着我瞧，"我只见过几个，总是有些不同。我喜欢你们那里人，南方的女人都能念很多很多的书，不像咱们，我愿意跟你学，你教我好么？"

我答应她之后忽地她又说了："日本的女人也都会念很多很多书，那些鬼子兵都藏得有几封写得很漂亮的信：有的是他们的婆姨来的，有的是相好来的，也有不认识的姑娘写信给他们，还夹上一张照片，写了好些肉麻的话，也不知道她们是不是真心，总哄得那些鬼子当宝贝似的揣在怀里。"

"听说你会说日本话，是么？"

在她脸上轻微地闪露了一下羞赧的颜色，接着又很坦然地说下去："时间太久了，跑来跑去一年多，多少就会了一点儿，懂得他们说话很有用处。"

"你跟着他们跑了很多地方么？"

"不是老跟着一个队伍跑的，人家总以为我做了鬼子官太太，享富贵荣华，实际我跑回来过两次，连现在这回是第三次了。后来我是被派去的，也是没有办法，我在那里熟，工作重要，一时又找不到别的人。现在他们不再派我去了，要替我治病，也好，我也挂牵我的爹娘，回来看看他们。可是娘真没办法，没有儿女是哭，有了儿女还是哭。"

"你一定吃了很多苦吧。"

"她吃的苦真是想也想不到，"阿桂露出一副难受的样子，像要哭似的，"做了女人真倒霉，贞贞你再说吧。"她更挤拢去，紧靠她身边。

"苦么，"贞贞像回忆着一件遥远的事一样，"现在也说不清，有些是当时难受，于今想来没有什么；有些是当时倒也马马虎虎地过去了，回想起来确实在伤心呢，一年多，日子也就过去了。这次一路回来，好些人都奇怪地望着我。就说这村子里的人吧，都把我当一个外路人，有亲热我的，也有逃避我的。再说家里几个人吧，还不都一样，谁都偷偷地瞧我，没有人把我当原来的贞贞看了。我变了么，想来想去，我一点也没有变，要说，也就心变硬一点罢了。人在那种地方住过，不硬一点心肠还行么，也是因为没有办法，逼得那么做的哪！"

一点有病的样子也没有，她的脸色红润，声音清晰，不显得拘束，也不觉得粗野。她并不含一点夸张，也使人感觉不到她有什么牢骚，或是悲凉的意味，我忍不住要问到她的病了。

"人大约总是这样，哪怕到了更坏的地方，还不是只得这样，硬着头皮挺着腰肢过下去，难道死了不成？后来我同咱们自己人有了联系，就更不怕了。我看见日本鬼子吃败仗，游击队四处活动，人心一天天好起来，我想我吃点苦，也划得来，我总得找活路，还要活得有意思，除非万不得已。所以他们说要替我治病，我想也好，治了总好些。这几天病倒不觉得什么了，路过张家驿时，住了两天，他们替我打了两次药针，又给了一些药我吃。只有今年秋天的时候，那才厉害，人家说我肚子里面烂了，又赶上有一个消息要立刻送回来，找不到一个能代替的人，那晚上摸黑我一个人来回走了三十里，走一步，痛一步，只想坐着不走了。要是别的不关紧要的事，我一定不走回去了，可是这不行哪，唉，又怕被鬼子认出来，又怕误了时间，后来整整睡了一个星期，才又拖着起了身。一条命要死好像也不大容易，你说是么？"

她并没有等我的答复，却又继续说下去了。

有的时候，她停顿下来，在这时间，她也望望我们，也许是在我们脸上找点反应，也许她只是思索着别的。看得出阿桂比贞贞显得更难受，阿桂大半的时候沉默着，有时说几句话，她说的话总只为的传达出她的无限的同情，但她沉默时，却更显得她为贞贞的话所震慑住了，她的灵魂被压抑，她感受了贞贞过去所受的那些苦难。

我以为那说话的人丝毫没有想到要博得别人的同情，纵是别人正为她分担了那些罪过，她似乎也没有感觉到，同时也正因为如此，就使人觉得更可同情了。如果她说起她这段历史的时候，并不是像现在这样，心平气和，甚至使你以为她是在说旁人那样，那是宁肯听她哭一场，哪怕你自己也陪着她哭，都是觉得好受些的。

后来阿桂倒哭了，贞贞反来劝她。我本有许多话准备同贞贞说的，也说不出口了，我愿意保持住我的沉默。当她走后，我强制自己在灯下读了一个钟头的书，连睡得那么邻近的阿桂，也不看她一眼，或问她一句，哪怕老是翻来覆去的，睡不着，一声一声地叹息着。

以后贞贞每天都来我这里闲谈，她不只是说她自己，也常常很好奇地问我许多那些不属于她的生活中的事。有时我的话说得很远，她便显得很吃力地听着，却非要听的。我们也一同走到村底下去，年轻人都对她很好：自然都是那些活动分子。但像杂货店老板那一类人，总是铁青着脸孔，冷冷地望着我们，他们嫌厌她，鄙视她，而且连我也当着不是同类的人的样子看待了。尤其那一些妇女们，因为有了她才发生对自己的崇敬，才看出自己的圣洁来，因为自己没有被敌人强奸而骄傲了。

阿桂走了之后，我们的关系就更密切了，谁都不能缺少谁似的，一忽儿不见就会彼此挂念。我喜欢那种有热情的，有血肉的，有快乐，有忧愁，又有明朗的性格的人，而她就正是这样。我们的闲谈常常占去了很多时间，我总以为那些谈天，于我的学习和修养，都是非常有帮助的。可是日子一天天过去，贞贞对我并不完全坦白的事，竟被我发觉了；但我绝不会对她有一丝怨恨，而且我将永远不去触她这秘密，每个人一定有着某些最不愿告诉人的东西深埋在心中，这是指属于私人感情的事，既与旁人毫无关系，也不会关系于她个人的道德。

到了我快走的那几天，贞贞忽然显得很烦躁，并没有什么事，也不像打算要同我谈什么的，却很频繁地到我屋里来，总是心神不宁的，坐立不安的，一会儿又走了。我知道她这几天吃得很少，甚至常常不吃东西。我问她的病，我清楚她现在所担受的烦忧，绝不是肉体上的。她来了，有时还说几句毫无次序的话；有时似乎要求我说一点什么，做出一副要听的神情。但我也看得出她在想一些别的，那些不愿让人知道的，她是正在掩饰着这种心情，装出无所谓的样子。

有两次，我看见那显得很精悍的年轻小伙子从贞贞母亲的窑中出来，我曾把他给我的印象和贞贞一道比较，我以为我非常同情他，尤其当现在的贞贞被很多人糟蹋过，染上了不名誉的、难医的病症的时候，他还耐心地来看她，向她的父母提出要求，他不嫌弃她，不怕别人笑骂。他一定觉得这时更需要他，他明白一个男子在这样的时候对他相好的女人所应有的气概和责任。而贞贞呢，虽说在短短的时间中，找不出她有很多的伤感和怨恨，她从没有表示过她希望有一个男子来要她，或者就说是抚慰吧；但我也以为因为她是受过伤的，正因为她受伤太重，所以才养成她现在的强硬，她就有了一种无所求于人的样子。可是如果有些爱抚，非一般同情可比的怜惜，去温暖她的灵魂是好的。我喜欢她能哭一次，找到一个可以哭的地方去哭一次。我希望我有机会吃到这家人的喜酒，至少我也愿意听到一个喜讯再离开。

"然而贞贞在想着一些什么呢？这是不会拖延好久，也不应成为问题的。"我这样想着，也就不多去思索了。

刘二妈，她的小媳妇，小姑娘也来过我房子，估计她们的目的，无非想来报告些什么，有时也说一两句。但我总不给她们说话的机会，我以为凡是属于我朋友的事，如若朋友不告诉我，我又不直接问她，却在旁人那里去打听，是有损害于我的朋友和我自己，也是有损害于我们的友谊的。

就在那天黄昏，院子里又热闹起来了，人都聚集在那里走来走去，邻舍的人全来了，他们交头接耳，有的显得悲戚，也有的蛮感兴趣的样子。天气很冷，他们好奇的心却很热，他们在严寒底下耸着肩，弓着腰，笼着手，他们吹着气，在院子中你看我，我看你，好像在探索着很有趣的事似的。

开始我听见刘大妈的房子里有吵闹的声音，接着刘大妈哭了。后来还有男人哭的声音，我想是贞贞的父亲吧。接着又有摔碗的声音，我忍不住，分开看热闹的人冲进去了。

"你来得很好，你劝劝咱们贞贞吧。"刘二妈把我扯到里边去。

贞贞把脸藏在一头纷乱的长发里，望得见两颗铮铮的眼睛从里边望着众人。我走到她旁边便站住了。她似乎并没有感觉我的到来，或者也把我当作一个毫不足介意的敌人之一罢了。她的样子完全变了，几乎使我不能在她的身上回想起一点点那些曾属于她的洒脱，明朗，愉快，她像一个被困的野兽，她像一个复仇的女神，她憎恨着谁呢，为什么要做出那么一副残酷的样子？

"你就这样的狠心，全不为娘老子着想，你全不想想这一年多来我为你受的罪……"刘大妈在炕上一边捶着一边骂，她的眼泪像雨点一样，有的落在炕上，有的落在地上，还有的就顺着脸往下流。

有好几个女人围着她，扯着她，她们不准她下炕来。我以为一个人当失去了自尊心，一任她的性情疯狂下去的时候，真是可怕。我想告诉她，你这样哭是没有用的，同时我也明白在这时是无论什么话都不会有效的。

老头子显得很衰老的样子，他垂着两手，叹着气。夏大宝坐在他旁边，用无可奈何的眼光望着两个老人。

"你总得说一句呀，你就不可怜可怜你的娘么？……"

"路走到尽头总要转弯的，水流到尽头也要转弯的，你就没有一点弯转么？何苦来呢？……"

一些女人们就这样劝贞贞。

我看出这事是不会如大家所希望的了。贞贞早已表示不要任何人可怜她，她也不可怜任何人。她是早已决定，没有转弯的，要说赌气，就算赌气吧。她现在是咬紧了牙关要坚持下去的神情。

她们听了我的劝告，让贞贞到我的房里边去休息，一切问题到晚上再谈。于是我便领着贞贞出来了。可是她并没有到我的房中去，她向后山跑了。

"这娃儿心事大呢！……"

"哼，瞧不起咱乡下人了……"

"这种破铜烂铁，还搭臭架子，活该夏大宝倒霉……"

聚集在院子中的人们纷纷议论着，看看已经没有什么好看的了，便也散去了。

我在院子中踌躇了一会，便决计到后山去。山上有些坟堆，坟周围都是松树，坟前边有些断了的石碑，一个人影也没有，连落叶的声音都没有。我从这边穿到那边，我叫着贞贞的名字，似乎有点回声，来安慰一下我的寂寞，但随即更显得万山的沉静，天边的红霞已经退尽了，四周围浮上一层寂静的，烟似的轻雾，绵延在远近的山的腰边。我焦急，我颓然坐在一块碑上，我盘旋着一个问题：再上山去呢，还是在这里等她呢？我希望我能替她分担些痛苦。

我看见一个影子从底下上来了，很快我便认识出就是夏大宝。我不作声，希望他没有看见我，让他直到上面去吧。但是他却在朝我走来。

"你找了么？我到现在还没有看见她。"我不得不向他打个招呼。

他走到我面前，就在枯草地上坐下去。他沉默着，眼望着远方。

我微微有些局促。他的确还很年轻呢，他有两条细细的长眉，他的眼很大，现在却显得很呆板，他的小小的嘴紧闭着，也许在从前是很有趣的，但现在只充满着烦恼，压抑住痛苦的样子，他的鼻是很忠厚的，然而却有什么用？

"不要难受，也许明天就好了，今天晚上我定要劝她。"我只好安慰他。

"明天，明天，……她永远都会恨我的，我知道她恨我……"他的声音稍稍有点儿哑，是一个沉郁的低音。

"不，她从没有向我表示过对人有什么恨。"我搜索着我的记忆，我并没有撒谎。

"她不会对你说的，她不会对任何人说的，她到死都不饶恕我的。"

"为什么她要恨你呢？"

"当然啰……"忽地他把脸朝着我，注视着我，"你说，我那时不过是一个穷小子，我能拐着她逃跑么？是不是我的罪？是么？"

他并没有等到我的答复就又说下去了，几乎是自语："是我不好，还能说是我对么，难道不是我害了她么？假如我能像她那样有胆子，她是不会……"

"她的性格我懂的，她永远都要恨我的。你说，我应该怎样？她愿意我怎样？我如何能使她快乐？我这命是不值什么的，我在她面前也还有点用处么？你能告诉我么？我简直不知我应该怎样才好，唉，这日子真难受呀！还不如让鬼子抓去……"他不断地喃喃下去。

当我邀他一道回家去的时候，他站起来同我走了几步，却又停住了，他说他听见山上有声音。我只好鼓励他上山去，我直望到他的影子没入更厚的松林中去，才踏上回去的路，天色已经快要全黑了。

这天晚上我虽然睡得很迟，却没有得着什么消息，不知道他们怎样过的。

等不到吃早饭，我把行李都收拾好了。马同志答应今天来替我搬家。我准备回政治部去，并且回到延安去；因为敌人又要大举"扫荡"了，我的身体不准许我再留在这里，莫主任说无论如何要先把这些伤病员送走，我的心却有些空荡荡的，坚持着不回去么？身体又累着别人。回去么？何时再来呢？我正坐在我的铺上沉思着的时候，我觉得有人悄悄地走进我的窑洞。

她一耸身跳上炕来坐在我对面了，我看见贞贞脸上稍稍有点浮肿，我去握着那只伸在火上的手，那种特别使我感觉刺激的烫热又使我不安了，我意识到她有着不轻的病症。

"贞贞！我要走了，我们不知何时再能相会，我希望，你能听你娘……"

"我就是来告诉你的，"她一下就打断了我的话，"我明天也要动身了。我恨不得早一天离开这家。"

"真的么?"

"真的!"在她的脸上那种特有的明朗又显出来了,"他们叫我回……去治病。"

"呵!"我想我们也许要同道的,"你娘知道了么?"

"不,还不知道,只说治病,病好了再回来,她一定肯放我走的,在家里不是也没有好处么?"

我觉得她今天显得稀有的平静。我想起头天晚上夏大宝说的话了。我冒昧地便问她道:

"你的婚姻问题解决了么?"

"解决,不就是那么么?"

"是听娘的话么?"我还不敢说出我对她的希望,我不愿想着那年轻人所给我的印象,我希望那年轻人有快乐的一天。

"听她们的话,我为什么要听她们的话,她们听过我的话么?"

"那么,你果真是和她们赌气么?"

"……"

"那么……你真的恨夏大宝么?"

她半天没有回答我,后来她说了,说得更为平静的:"恨他,我也说不上。我觉得我已经是一个有病的人了,我的确被很多鬼子糟蹋过,到底是多少,我也记不清了,总之,是一个不干净的人了。既然已经有了缺憾,就不想再有福气,我觉得活在不认识的人面前,忙忙碌碌的,比活在家里,比活在有亲人的地方好些。这次他们既然答应送我到延安去治病,那我就想留在那里学习,听说那里是大地方,学校多,什么人都可以学习的。大家扯在一堆并不会怎样好,那就还是分开,各奔各的前程。我这样打算是为了我自己;也为了旁人,所以我并不觉得有什么对不住人的地方，也没有什么高兴的地方。而且我想，到了延安，还另有一番新的气象。我还可以再重新做一个人，人也不一定就只是爹娘的，或自己的。别人说我年轻，见识短，脾气别扭，我也不辩，有些事情哪能让人人都知道呢?"

我觉得非常惊诧，新的东西又在她身上表现出来了。我觉得她的话的确值得我们研究，我当时只能说出我赞成她的打算的话。

我走的时候，她的家属在那里送我，只有她到公所里去了，也再没有看见夏大宝。我心里并没有难受，我仿佛看见了她的光明的前途，明天我将又见着她的，定会见着她的，而且还有好一阵时日子我们不会分开了。果然，一走出她家门，马同志便告诉了我关于她的决定，证实了她早上告诉我的话很快便会实现了。

荷花淀
——白洋淀纪事之二

孙犁

【关于作家】

　　孙犁（1913—2002），原名孙振海，后更名孙树勋，1913 年 5 月出生于河北省衡水市安平县，中国现代小说家、散文家，"荷花淀派"的创始人。1924 年跟随父亲前往安国县城上高级小学，开始接触到"五四"以后的文学作品。1937 年，抗日战争全面爆发，孙犁加入抗战工作，并编写了《民族革命战争与戏剧》的小册子，指导敌后的抗日宣传工作。1944 年赴延安，在鲁迅艺术文学院（原名鲁迅艺术学院，1940 年更名）学习和工作，发表了《荷花淀》《芦花荡》等短篇小说；1949 年起，主编《天津日报》的《文艺周刊》，并担任中国作家协会理事、中国作协天津分会副主席等职。

【关于作品】

　　《荷花淀》创作于 1945 年，原载于 1945 年 5 月 15 日《解放日报》。小说在抗日战争的背景下，描写了白洋淀地区普通民众的抗日活动。小说的男主人公水生是小苇庄的游击组长，他是党组织的负责人，非常乐意为抗日活动奉献自己。小说的女主人公水生嫂善良淳朴、勇敢无畏，得知丈夫要离家参军，她虽然心里为难，更希望丈夫留在家里陪伴，但她还是义无反顾地支持丈夫的选择。对战争的亲身感受，使她对丈夫的抗战事业有了更深一步的理解。于是她也投身到抗战的行列中，直接参加保家卫国的神圣事业。在波诡云谲的战争大环境下，孙犁将视线从战火硝烟转移到了充满乡土气息的白洋淀、朴实无华的日常生活和深沉真挚的感情上来。全篇小说精悍短小、语言简洁洗练，充满诗意。通过精准的对话描写、动作描写，细致入微地表现了主人公的内心世界，寥寥几笔就刻画出了主人公的形象。对白洋淀地区的景色描写也充满诗情画意，情景交融、意境优美。这样的描写，使得孙犁的战争小说在同时期作家的作品中自成风格、独树一帜。本篇小说也成为孙犁的代表作之一。

　　月亮升起来，院子里凉爽得很，干净得很，白天破好的苇眉子潮润润的，正好编席。女人坐在小院当中，手指上缠绞着柔滑修长的苇眉子。苇眉子又薄又细，在她怀里跳跃着。

　　要问白洋淀有多少苇地？不知道。每年出多少苇子？不知道。只晓得，每年芦花飘飞苇叶黄的时候，全淀的芦苇收割，垛起垛来，在白洋淀周围的广场上，就成了一条苇子的长城。女人们，在场里院里编着席。编成了多少席？六月里，淀水涨满，有无数的船只，运输银白雪亮的席子出口，不久，各地的城市村庄，就全有了花纹又密、又精致的席子用了。大家争着买：

"好席子，白洋淀席！"

这女人编着席。不久在她的身子下面，就编成了一大片。她像坐在一片洁白的雪地上，也像坐在一片洁白的云彩上。她有时望望淀里，淀里也是一片银白世界。水面笼起一层薄薄透明的雾，风吹过来，带着新鲜的荷叶荷花香。

但是大门还没关，丈夫还没回来。

很晚丈夫才回来了。这年轻人不过二十岁，头戴一顶大草帽，上身穿一件洁白的小褂，黑单裤卷过了膝盖，光着脚。他叫水生，小苇庄的游击组长，党的负责人。今天领着游击组到区上开会去来。女人抬头笑着问："今天怎么回来得这么晚？"站起来要去端饭。水生坐在台阶上说：

"吃过饭了，你不要去拿。"

女人就又坐在席子上。她望着丈夫的脸，她看出他的脸有些红涨，说话也有些气喘。她问：

"他们几个哩？"

水生说：

"还在区上。爹哩？"

女人说："睡了。"

"小华哩？"

"和他爷爷去收了半天虾篓，早就睡了。他们几个为什么还不回来？"

水生笑了一下。女人看出他笑得不像平常。

"怎么了，你?"

水生小声说:

"明天我就到大部队上去了。"

女人的手指震动了一下，想是叫苇眉子划破了手，她把一个手指放在嘴里吮了一下。水生说:

"今天县委召集我们开会。假若敌人再在同口安上据点，那和端村就成了一条线，淀里的斗争形势就变了。会上决定成立一个地区队。我第一个举手报了名的。"

女人低着头说:

"你总是很积极的。"

水生说:

"我是村里的游击组长，是干部，自然要站在头里，他们几个也报了名。他们不敢回来，怕家里人拖尾巴。公推我代表，回来和家里人们说一说。他们全觉得你还开明一些。"

女人没有说话。过了一会，她才说:

"你走，我不拦你，家里怎么办?"

水生指着父亲的小房叫她小声一些。说:

"家里，自然有别人照顾。可是咱的庄子小，这一次参军的就有七个。庄上青年人少了，也不能全靠别人，家里的事，你就多做些，爹老了，小华还不顶事。"

女人鼻子里有些酸，但她并没有哭。只说:

"你明白家里的难处就好了。"

水生想安慰她。因为要考虑准备的事情还太多，他只说了两句:

"千斤的担子你先担吧，打走了鬼子，我回来谢你。"

说罢，他就到别人家里去了，他说回来再和父亲谈。

鸡叫的时候，水生才回来。女人还是呆呆地坐在院子里等他，她说：

"你有什么话嘱咐嘱咐我吧。"

"没有什么话了，我走了，你要不断进步，识字，生产。"

"嗯。"

"什么事也不要落在别人后面！"

"嗯，还有什么？"

"不要叫敌人汉奸捉活的。捉住了要和他拼命。"这才是那最重要的一句，女人流着眼泪答应了他。

第二天，女人给他打点好一个小小的包裹，里面包了一身新单衣，一条新毛巾，一双新鞋子。那几家也是这些东西，交水生带去。一家人送他出了门。父亲一手拉着小华，对他说：

"水生，你干的是光荣事情，我不拦你，你放心走吧。大人孩子我给你照顾，什么也不要惦记。"

全庄的男女老少也送他出来，水生对大家笑一笑，上船走了。

女人们到底有些藕断丝连。过了两天，四个青年妇女集在水生家里来，大家商量：

"听说他们还在这里没走。我不拖尾巴，可是忘下了一件衣裳。"

"我有句要紧的话得和他说说。"

水生的女人说：

"听他说鬼子要在同口安据点。……"

"哪里就碰得那么巧，我们快去快回来。"

"我本来不想去，可是俺婆婆非叫我再去看看他，有什么看头啊！"

于是这几个女人偷偷坐在一只小船上，划到对面马庄去了。

到了马庄，他们不敢到街上去找，来到村头一个亲戚家里。亲戚说："你们来得不巧，昨天晚上他们还在这里，半夜里走了，谁也不知开到那里去。你们不用惦记他们，听说水生一来就当了副排长，大家都是欢天喜地的……"

几个女人羞红着脸告辞出来，摇开靠在岸边上的小船。现在已经快到晌午了，万里无云，可是因为在水上，还有些凉风。这风从南面吹过来，从稻秧上苇尖吹过来。水面没有一只船，水像无边的跳荡的水银。

几个女人有点失望，也有些伤心，各人在心里骂着自己的狠心贼。可是青年人，永远朝着愉快的事情想，女人们尤其容易忘记那些不痛快。不久，她们就又说笑起来了。

"你看说走就走了。"

"可慌（高兴的意思）哩，比什么也慌，比过新年，娶新——也没见他这么慌过！"

"拴马桩也不顶事了。"

"不行了，脱了缰了！"

"一到军队里，他一准得忘了家里的人。"

"那是真的，我们家里住过一些年轻的队伍，一天到晚仰着脖子出来唱，进去唱，我们一辈子也没那么乐过。等他们闲下来没有事了，我就傻想：该低下头了吧。你猜人家干什么？用白粉子在我家影壁上画上许多圆圈圈，一个一个蹲在院子里，托着枪瞄那个，又唱起来了！"

她们轻轻划着船，船两边的水哗，哗，哗。顺手从水里捞上一个菱角来，菱角还很嫩很小，乳白色。顺手又丢到水里去。那个菱角就又安安稳稳浮在水面上生长了。

"现在你知道他们到了那里？"

"管他哩，也许跑到天边上去了！"

她们都抬起头往远处看了看。

"哎呀！那边过来一只船。"

"哎呀！日本，你看那衣裳！"

"快摇！"

小船拼命往前摇。他们心里也许有些后悔，不该这么冒冒失失走来，也许有些怨恨那些走远了的人。但是立刻就想，什么也别想了，快摇，大船紧紧追过来。

大船追得很紧。

幸亏是这些青年妇女，白洋淀长大的，她们摇得小船飞快。小船活像离开了水皮的一条打跳的梭鱼。她们从小跟这小船打交道，驶起来，就像织布穿梭，缝衣透针一般快。

假如敌人追上了，就跳到水里去死吧！

后面大船来得飞快。那明明白白是鬼子！这几个青年妇女咬紧牙制止住心跳，摇橹的手并没有慌，水在两旁大声地哗哗，哗哗，哗哗哗！

"往荷花淀里摇！那里水浅，大船过不去。"

她们奔着那不知道有几亩大小的荷花淀去，那一望无边际的密密层层的大荷叶，迎着阳光舒展开，就像铜墙铁壁一样。粉色荷花箭高高地挺出来，是监视白洋淀的哨兵吧！

她们向荷花淀里摇，最后，努力地一摇，小船窜进了荷花淀。

几只野鸭扑棱棱飞起，尖声惊叫，掠着水面飞走了。就在她们的耳边响起一排枪！

整个荷花淀全震荡起来。她们想，陷在敌人的埋伏里了，一准要死了，一齐翻身跳到水里去。渐渐听清楚枪声只是向着外面，她们才又扒着船帮露出头来。她们看见不远的地方，那宽厚肥大的荷叶下面，有一个人的脸，下半截身子长在水里。荷花变成人了？那不是我们的水生吗？又往左右看去，不久各人就找到了各人丈夫的脸，啊，原来是他们！

但是那些隐蔽在大荷叶下面的战士们，正在聚精会神瞄着敌人射击，半眼也没有看她们。枪声清脆，三五排枪过后，他们投出了手榴弹，冲出了荷花淀。

手榴弹把敌人那只大船击沉，一切都沉下去了。水面上只剩下一团烟硝火药气味。战士们就在那里大声欢笑着，打捞战利品。他们又开始了沉到水底捞出大鱼来的拿手戏。他们争着捞出敌人的枪支、子弹带，然后是一袋子一袋子叫水浸透了的面粉和大米。水生拍打着水去追赶一个在水波上滚动的东西，是一包用精致纸盒装着的饼干。

妇女们带着浑身水，又坐到她们的小船上去了。

水生追回那个纸盒子，一只手高高举起，一只手用力拍打着水，好使自己不沉下去。对着荷花淀吆喝：

"出来吧，你们！"

好像带着很大的气。

她们只好摇着船出来。忽然从她们的船底下冒出一个人来，只有水生的女人认得那是区小队的队长。这个人抹一把脸上的水问她们：

“你们干什么去来呀?”

水生的女人说:

“又给他们送了一些衣裳来!”

小队长回头对水生说:

“都是你村的?”

“不是她们是谁，一群落后分子!”说完把纸盒顺手丢在女人们船上，一泅，又沉到水底下去了，到很远的地方才钻出来。

小队长开了个玩笑，他说:

“你们也没有白来，不是你们，我们的伏击不会这么彻底。可是，任务已经完成，该回去晒晒衣裳了。情况还紧得很!”

战士们已经把打捞出来的战利品，全装在他们的小船上，准备转移。一人摘了一片大荷叶顶在头上，抵挡正午的太阳。几个青年妇女把掉在水里又捞出来的小包裹，丢给了他们，战士们的三只小船就奔着东南方向，箭一样飞去了。不久就消失在中午水面上的烟波里。

几个青年妇女划着她们的小船赶紧回家，一个个像落水鸡似的。一路走着，因过于刺激和兴奋，她们又说笑起来，坐在船头脸朝后的一个噘着嘴说:

“你看他们那个横样子，见了我们爱搭理不搭理的!”

“啊，好像我们给他们丢了什么人似的。”

她们自己也笑了，今天的事情不算光彩，可是:

“我们没枪，有枪就不往荷花淀里跑，在大淀里就和鬼子干起来!”

“我今天也算看见打仗了。打仗有什么出奇，只要你不着慌，谁还不会趴在那里放枪呀!”

"打沉了，我也会浮水捞东西，我管保比他们水式好，再深点我也不怕！"

"水生嫂，回去我们也成立队伍，不然以后还能出门吗！"

"刚当上兵就小看我们，过二年，更把我们看得一钱不值了，谁比谁落后多少呢！"

这一年秋季，她们学会了射击。冬天，打冰夹鱼的时候，她们一个个登在流星一样的冰船上，来回警戒。敌人围剿那百顷大苇塘的时候，她们配合子弟兵作战，出入在那芦苇的海里。

嘱咐

孙犁

【关于作品】

　　《嘱咐》创作于1946年，堪称《荷花淀》的"姐妹篇"。原载于1949年3月24日《进步日报》。小说讲述了八路军战士水生离家八年后回家，但是只在家中与妻子和孩子待了一个晚上，便又奔赴前线的故事。小说塑造了一个平凡的抗日战士形象，他为了反抗日本侵略和建设新国家，牺牲自己，英勇无畏，他的身上洋溢着乐观的革命精神。他的妻子深爱丈夫，思念丈夫，但是深知国家民族大义，因此理解丈夫，亲自撑着冰床子送丈夫上前线。小说场面描写和细节描写细腻生动，人物性格朴实无华、心灵温暖美好；环境描写诗情画意、清新自然；心理描写精准到位，包括水生阔别家乡八年的心情，女人见到丈夫后悲喜交加的情态，以及女人再次送丈夫上战场的依依不舍又坚定决绝，都被刻画得曲折有致、意蕴丰富。小说对心理的描写与景色描写融为一体，浑然天成。

水生斜背着一件日本皮大衣，偷过了平汉路，天刚大亮。家乡的平原景色，八年不见，并不生疏。这正是腊月天气，从平地上望过去，一直望到放射红光的太阳那里，他深深地吸了一口气。把身子一挺，十几天行军的疲劳完全跑净，脚下轻飘飘的，眼有些晕，身子要飘起来。这八年，他走的多半是山路，他走过各式各样的山路，五台附近的高山，黄河两岸的陡山，延安和塞北的大土疙瘩山。哪里有敌人就到哪里去，枪背在肩上、拿在手里八年了。

水生是一个好战士，现在已经是一个副教导员。可是不瞒人说，八年里他也常常想到家，特别是在休息时间，这种想念，很使一个战士苦恼。这样的时候，他就拿起书来或是到操场去，或是到菜园子里去，借学习、游戏和劳动好把这些事情忘掉。

他也曾有过一种热望，能有个机会再打到平原上去，到家看看就好了。

现在机会来了。他请了假，绕到家里看一下。因为地理熟，一过铁路他就不再把敌人放在心上。他悠闲地走着，四面八方观看着，为的是饱看一下八年不见的平原风景。铁路旁边并排的炮楼，有的已经拆毁，破墙上洒落了一片鸟粪。铁路两旁的柳树黄了叶子，随着铁轨伸展到远远的北方。一列火车正从那里慢慢地滚过来，惨叫，吐着白雾。

一时，强烈的战斗欲望和八年的战斗景象涌到心里来。他笑了一笑，想，现在应该把这些事情暂时忘记，集中精神看一看家乡的风土人情吧。他信步走着，想享受享受一个人在特别兴奋时候的愉快心情。他看看麦地，又看看天，看看周围那像深蓝淡墨涂成的村庄图画。这里离他的家不过九十里路，一天的路程。今天晚上，就可以到家了。

不久，他觉得这种感情有些做作，心里面并不那么激动。幼小的时候，离开家半月十天，当黄昏的时候，走近了自己的村庄，望见自己家里烟囱上冒起的袅袅的轻烟，心里就醉了。现在虽然对自己的家乡还是这样热爱、崇拜，但是那样的一种感情没有了。

经过的村庄街道都很熟悉。这些村庄经过八年战争，满身创伤，许多被敌人烧毁的房子，还没有重新盖起来。村边的炮楼全拆了，砖瓦还堆在那里，有的就近利用起来，垒了个厕所。在形式上，村庄没有发展，没有添新的庄院和房屋。许多高房，大的祠堂，全拆毁修了炮楼，幼时记忆里的几块大坟地，高大的杨树和柏树，也砍伐光了，坟墓暴露出来，显得特别荒凉。但是村庄的血液，人民的心却壮大发展了。一种平原上特有的勃勃生气，更是强烈扑人。

水生的家在白洋淀边上。太阳平西的时候，他走上了通到他家去的那条大堤，这里离他的村庄十五里路。

堤坡已经破坏，两岸成荫的柳树砍伐了，堤里面现在还满是水。水生从一条小道上穿过，地势一变化，使他不能正确地估计村庄的方向。

太阳落到西边远远的树林里去了，远处的村庄迅速地变化着颜色。水生望着树林的疏密，辨别自己的村庄，家近了，就进家了，家对他不是吸引，却使他一阵心烦意乱。他想起许多事。父亲确实的年岁忘记了，是不是还活着？父亲很早就是有痰喘的病。还有自己女人，正青春，一别八年，分离时她肚子里正有一个小孩子。房子烧了吗？

不是什么悲喜交加的情绪，这是一种沉重的压迫，对战士的

心的有力的消耗。他在心里驱逐这种思想感情，他走得很慢，他
决定坐在这里，抽袋烟休息休息。

他坐下来打火抽烟，田野里没有一个人，风有些冷了，他打
开大衣披在身上。他从积满泥水和腐草的水洼望过去，微微地可
以看见白洋淀的边缘。

黄昏时候，他走到了自己的村边，他家就住在村边上。他看
见房屋并没烧，街里很安静，这正是人们吃完晚饭，准备上门的
时候了。

他在门口遇见了自己的女人。她正在那里悄悄地关闭那外面
的梢门。水生热情地叫了一声：

"你！"

女人一怔，睁开大眼睛，咧开嘴笑了笑，就转过身子去"抽
抽搭搭"地哭了。水生看见她脚上那白布封鞋，就知道父亲准是
不在了。两个人在那里站了一会儿。还是水生把门掩好说："不要
哭了，家去吧！"他在前面走，女人在后面跟，走到院里，女人紧
走两步赶到前面，到屋里去点灯。水生在院里停了停。他听着女
人忙乱地打火，灯光闪在窗户上了，女人喊："进来吧！还做
客吗？"

女人正在叫唤着一个孩子，他走进屋里，女人从炕上拖起一
个孩子来，含着两眼泪水笑着说：

"来，这就是你爹，一天价看见人家有爹，自己没爹，这不现
在回来了。"

说着已经不成声音。水生说：

"来！我抱抱。"

老婆把孩子送到他怀里，他接过来，八九岁的女孩子竟有这

么重。那孩子从睡梦里醒来，好奇地看着这个生人，这个"八路"。女人转身拾掇着炕上的纺车线子等东西。

水生抱了孩子一会儿，说：

"还睡去吧。"

女人安排着孩子睡下，盖上被子。孩子却圆睁着两眼，再也睡不着。水生在屋里转着，在那扑满灰尘的迎门橱上的大镜子里照看自己。

女人要端着灯到外间屋里去烧水做饭，望着水生说："从哪里回来？"

"远了，你不知道的地方。"

"今天走了多少里？"

"九十。"

"不累吗？还在地下溜达？"

水生靠在炕头上。外面起了风，风吹着院里那棵小槐树，月光射到窗纸上来。水生觉着这屋里是很暖和的，在黑影里问那孩子：

"你叫什么？"

"小平。"

"几岁了？"

女人在外边拉着风箱说：

"别告诉他，他不记得吗？"

孩子回答说："八岁。"

"想我吗？"

"想你。想你，你不来。"孩子笑着说。

女人在外边也笑了。说：

"真的！你也想过家吗？"

水生说："想过。"

"在什么时候？"

"闲着的时候。"

"什么时候闲着？……"

"打过仗以后，行军歇下来，开荒休息的时候。"

"你这几年不容易呀。"

"嗯，自然你们也不容易。"水生说。

"嗯？我容易，"她有些气愤地说着，把饭端上来，放在炕上，"爹是顶不容易的一个人，他不能看见你回来……"她坐在一边看着水生吃饭，看不见他吃饭的样子八年了。水生想起父亲，胡乱吃了一点，就放下了。

"怎么？"她笑着问，"不如你们那小米饭好吃？"

水生没搭话。他拾掇了出去。

回来，插好了隔扇门。院子里那挤在窝里的鸡们，有时转动扑腾。孩子睡着了，睡得是那么安静，那呼吸就像泉水，在春天的阳光里冒起的小水泡，愉快地升起，又幸福地降落。女人爬到孩子身边去，她一直呆望着孩子的脸。她好像从来没有见过这个孩子，孩子好像是从别人家借来，好像不是她生出，不是她在那潮湿闷热的高粱地，在那残酷的"扫荡"里奔跑喘息，丢鞋甩袜抱养大的，她好像不曾在这孩子身上寄托了一切，并且在孩子的身上祝福了孩子的爹："那走得远远的人，早一天胜利回来吧！一家团聚。"好像她并没有常常在深深的夜晚醒来，向着那不懂事的孩子，诉说着翻来覆去的题目：

"你爹哩，他到哪里去了？打鬼子去了……他拿着大枪骑着大马……就要回来了，把宝贝放在马上……多好啊!"

现在，丈夫像从天上掉下来一样。她好像是想起了过去的一切，还编排那准备了好几年的话，要向回来的已经坐到她身边的丈夫诉说了。

水生看着她。离别了八年，她好像并没有老多少。她今年二十九岁了，头发虽然乱些，可还是那么黑。脸孔苍白了一些，可是那两只眼睛里的光，还是那么强烈。

他望着她身上那自纺自织的棉衣和屋里的陈设。不论是人的身上，人的心里，都表现是叫一种深藏的志气支撑，闯过了无数艰难的关口。

"还不睡吗?"过了一会儿，水生问。

"你困你睡吧，我睡不着。"女人慢慢地说。

"我也不困。"水生把大衣盖在身上，"我是有点冷。"

女人看着他那日本皮大衣，笑着问:

"说真的，这八九年，你想起过我吗?"

"不是说过了吗? 想过。"

"怎么想法?"她逼着问。

"临过平汉路的那天夜里，我宿在一家小店，小店里有个鱼贩子是咱们乡亲。我买了一包小鱼下饭，吃着那鱼，就想起了你。"

"胡说。还有吗?"

"没有了。你知道我是出门打仗去了，不是专门想你去了。"

"我们可常常想你，黑夜白日。"她支着身子坐起来，"你能猜一猜我们想你的那段苦情吗?"

"猜不出来。"水生笑了笑。

"我们想你，我们可没有想叫你回来。那时候，日本人就在咱村边。可是在黑夜，觉醒了，我就想：你如果能像天上的星星，在我眼前晃一晃就好了。可是能够吗？"

从窗户上那块小小的玻璃上结起来冰花，夜深了，大街的高房上有人高声广播：

"民兵自卫队注意！明天，鸡叫三遍集合。带好武器和一天的干粮！"

那声音转动着，向四面八方有力地传送。在这样降落霜雪严寒的夜里，一只粗大的喇叭在热情地呼喊。

"他们要到哪里去？"水生照战争习惯，机警地直起身子来问。

"准是到胜芳。这两天，那里很紧！"女人一边细心听，一边小声地说。

"他们知道我们来了。"

"你们来了？你要上哪里去？"

"我们是调来保卫冀中平原，打退进攻的敌人的！"

"你能在家住几天？"

"就是这一晚上。我是请假绕道来看望你。"

"为什么不早些说？"

"还没顾着啊！"

女人呆了。她低下头去，又无力地仄在炕上。过了半天，她说：

"那么就赶快休息休息吧，明天我撑着冰床子去送你。"

鸡叫三遍，女人就先起来给水生做了饭吃。这是一个大雾天，地上堆满了霜雪。女人把孩子叫醒，穿得暖暖的，背上冰床，锁了梢门，送丈夫上路。出了村，她要丈夫到爹的坟上去看看。水生说等以后回来再说，女人不肯。她说：

"你去看看，爹一辈子为了我们。八年，你只在家里待了一个晚上。爹叫你出去打仗了，是他一个老年人照顾了咱们全家。这是什么太平日子呀？整天价东逃西窜。因为你不在家，爹对我们娘俩，照顾得唯恐不到。只怕一差二错，对不起在外抗日的儿子。每逢夜里一有风声，他老人家就先在院里把我叫醒，说：水生家起来吧，给孩子穿上衣裳。不管是风里雨里，多么冷，多么热，他老人家背着孩子逃跑，累得痰喘咳嗽。是这个苦日子，遭难的日子，担惊受怕的日子，把他老人家累死。还有那年大饥荒……"

在河边，他们上了冰床。水生坐上去，抱着孩子，用大衣给她包好脚。女人站在床子后尾，撑起了竿。女人是撑冰床的好手，她逗着孩子说："看你爹没出息，当了八年八路军，还得叫我撑冰床子送他！"她轻轻地跳下冰床子后尾，像一只雨后的蜻蜓爬上草叶。轻轻用竿子向后一点，冰床子前进了。大雾笼罩着水淀，只有眼前几丈远的冰道可以望见。河两岸残留的芦苇上的霜花飒飒飘落，人的衣服上立时变成银白色。她用一块长的黑布紧紧把头发包住，冰床像飞一样前进，好像离开了冰面行走。她的围巾的两头飘到后面去，风正从她的前面吹来。她连撑几竿，然后直起身子来向水生一笑，她的脸冻得通红，嘴里却冒着热气。小小的冰床像离开了强弩的箭，摧起的冰屑，在它前面打起团团的旋花。前面有一窄窄的水沟，水在冰缝里"汩汩"地流，她只说了一声"小心"，两脚轻轻地一用劲，冰床就像受了惊的小蛇一样，抬起头来，蹿过去了。

水生警告她说：

"你慢一些，疯了？"

女人擦一擦脸上的冰雪和汗，笑着说：

"同志！我们送你到战场上去呀，你倒说慢一些！"

"擦破了鼻子就不闹了。"

"不会。这是从小玩熟了的东西。今天更不会。在这八年里面，你知道我用这床子，送过多少次八路军？"

冰床在霜雾里，在冰上飞行。

"你把我送到丁家坞，"水生说，"到那里，我就可以找到队伍了。"

女人没有言语。她呆望着丈夫。停了一会儿，才说："你给孩子再盖一盖，你看她的手露着。"她轻轻地喘了两口气。又说：

"你知道，我现在心里很乱。八年我才见到你，你只在家里待了不到多半夜的工夫。我为什么撑得这么快？为什么着急把你送到战场上去？我是想，你快快去，快快打走了进攻我们的敌人，你才能快快地回来，和我见面。

"你知道，我们，我们这些留在家里当媳妇的，最盼望胜利。我们在地洞里，在高粱地里等着这一天。这一天来了，我们那高兴，是不能和别人说的。

"进攻胜芳的敌人，是坐飞机来的。他们躺在后方，和妻子团聚了八九年。国民党反动派来打破了这幸福。国民党反动派打破了我们的心。他们造的罪孽是多么重！一定要把他们完全消灭！"

冰床跑进水淀中央，这里是没有边际的冰场。太阳从冰面上升出来，冲开了雾，形成一条红色的胡同，扑到这里来，照在冰床上。女人说：

"爹活着的时候常说，水生出去是打开一条活路，打开了这条活路，我们就得活，不然我们就活不了。八年，他老人家焦愁死了。国民党反动派又要和日本一样，想来把我们活着的人完全逼死!

"你应该记着爹的话，向上长进，不要为别的事情分心，好好打仗。八年过去了，时间不算不长。只要你还在前方，我等你到死!"

在被大雾笼罩、杨柳树环绕的丁家坞村边，水生下了冰床。他望着呆呆站在冰上的女人说：

"你们也到村里去暖和暖和吧。"

女人忍着眼泪，笑着说：

"快去你的吧!我们不冷。记着，好好打仗，快回来，我们等着你的胜利消息。"

一九四六年作于河间

差半车麦秸

姚雪垠

【关于作家】

姚雪垠（1910—1999），原名姚冠三，笔名姚雪垠，河南邓州人，现当代著名作家。1929年考入河南大学法学院预科，同年发表处女作短篇小说《两个孤坟》；卢沟桥事变后回到开封，参与创办抗战刊物《风雨》周刊。1938年发表短篇小说《差半车麦秸》；1938年秋至1943年1月，在鄂北、皖西抗日前方从事文化工作，创作《春暖花开的时候》等作品；1943年2月到重庆，当选为中华全国文艺界抗敌协会理事兼创研部副部长。上海解放后，姚雪垠任大夏大学教授兼副教务长、文学院代院长等职务；1953年调入武汉作家协会；1957年被错划为右派，在逆境中开始创作长篇历史小说《李自成》。其代表作《李自成》是里程碑式的文学巨著，曾经入选"新中国70年70部长篇小说典藏"，并获得第一届茅盾文学奖。

【关于作品】

小说《差半车麦秸》创作于1927年。小说写了一个老实憨厚的农民，得了个外号叫作"差半车麦秸"。日本鬼子占领他的家乡后，全家陷入了挨饿境地。为了挖地中的红萝卜，他遭到了枪击，又被游击队当作汉奸抓了起来。经过审问，队长知道了他是老实本分的农民，就放了他。他又主动回来参加了游击队，成为勇敢的队员。在一次破坏铁道的战斗中，他身负重伤仍然坚持战斗。小说以抗日战争作为背景，塑造了一个由普通农民成长为勇敢战士的人物形象。作者运用了细节描写、肖像描写、语言描写等多种艺术手段，着力刻画了"差半车麦秸"这一形象，并写出了人物性格的多面性。顺叙、倒叙、插叙相结合，使得叙述有力生动，人物形象栩栩如生。

"瞧，这家伙，又是一个'差半车麦秸'！"

在我们的工人游击队里边，近来最喜欢把别人叫作"差半车麦秸"。有时我们问队长要烟吸，如果队长把烟卷藏在腰里不拿出来，我们就向他叫道："喂，队长，'差半车麦秸'！"当着别人面前猛不防打了个喷嚏，鼻涕从鼻孔里窜出来，你随手把鼻涕抹在袖子上，或撸下来抹刷鞋底上，别人也会向你取笑地叫道："差半车麦秸！"我们全队的人，没有一个不长虱子。平常不论虱子在身上怎样地爬呀，咬呀，我们只隔着衣服，用手搓一搓，搔一搔，至多伸手到衣服里边捏死一个两个。到我们真正休息的时候，也就是说到我们能够安心睡一觉的时候，我们绝不放弃歼灭敌人的机会。我们的两大敌人是：鬼子和虱子。在歼灭战开始的时候，我们照例围绕着一堆烈火，把内衣脱下来在火头上烤着，搣着。我们的敌人像炒焦的芝麻似的一个个的肚子膨胀起来，落到火里。

火里边毕毕剥剥地响着爆烈声，腾起来一种难闻的气息。这时候我们每个人都为胜利而快活得乱蹦乱跳，互相地打着，推着，还互相叫着："'差半车麦秸'，格崩，格崩，用牙咬呀！"总之，我们用"差半车麦秸"这个词儿来取笑别人的机会非常多，几乎任何人都可以被我们称作"差半车麦秸"。我们把"差半车麦秸"这词广泛地引用着，并不顾及它是否恰当。当我们叫出这个词儿的时候，并不含有一点恶意，只不过觉得这样一叫就怪开心罢了。假若在我们队里没有这个宝贝词儿，生活也许会像冬天的山色一样的枯燥无味！

虽然我们把"差半车麦秸"这绰号互相地叫着，但真正的"差半车麦秸"他本人却早就离开我们的队伍了。

他是一个顶有趣的庄稼人。从他入伍的时候起，他就开始做了我们最有趣的好同伴，一直到他昏昏迷迷地躺在担架床上离开我们的时候。他走了以后我们不断地谈着他，想念着他。队长保存着他的那支小烟袋，像保存着爱人的情书似的，珍惜得不肯让别人拿去。当"差半车麦秸"还没有挂彩的时候，一天到晚他总在噙着他的小烟袋，也不管烟袋锅里有烟没有烟。有时候他一个人离开了屋子，慢吞吞地走到村子边，蹲在一棵小树的下面，皱着眉毛头，眼睛茫然地望着原野，噙着他的小烟袋，隔很长的时候，把两片嘴唇心不在焉地吧嗒一咂，随即有两缕灰色的轻烟从他的鼻孔里呼了出来。同志们有谁走到他的跟前，问他道："'差半车麦秸'，你是不是在想你的黄脸婆哩？""差半车麦秸"的脸皮微微地红了起来。"怎么不是呢？"他说，"没有听队长说俺的'屋里人'跟小孩到哪儿啦？"在"差半车麦秸"看来，我们的队长是一个万能的人物，无论什么事情都知道，不肯把女人和小孩子的下落告诉他，不过是怕他偷跑罢了。有时候"差半车麦秸"并不是想他的女人和孩子，他用一种抱怨的口气望着地里说："你看这地里的草呀，唉！"他大大地吸了一口烟，然后再把下边的话和着烟雾吐出来："平稳年头人能安安生生地做活，好好的地里哪会长这么深的草！"

他拭去了大眼角上的白色排泄物，向前挪了几步，从地里捏起来一小块垃圾，用大拇指和食指把垃圾捻碎，细细地看了一看，拿近鼻尖闻闻，再放一点到舌头尖上品品滋味，然后他把头垂下去轻轻地点几点，喃喃地说道：

"这地是一脚踩出油的好地……"

"差半车麦秸"在游击队里始终连一句救亡歌子也没有学会。有一次他只跟着唱了一句，惹得一个同志把眼泪都笑出来，以后他就永远不再开口了。当我们大家唱歌的时候，他噙着他的小烟袋，微笑着，两只生满血丝的眼睛滴溜溜地跟着我们的嘴巴乱动。他无论在高兴或苦闷的时候，在平常的行军或放心休息的时候，他最爱用悲凉的声调反复地唱着两句简单的戏词，这戏词是他从小孩子时候就学会了的：

"有寡人出京多不幸，不是呵下雨便刮风……"

他的小烟袋正同他本人一样地给我留下了深刻的印象。每次我看见他的小烟袋，就不由得想起一段动人的故事来。

一个寒冷的黄昏，忽然全队的弟兄兴奋得发狂一般呐喊着跳到天井里，把一个新捕到的汉奸同队长密密地围起来。汉奸两只手背绑着，脸黄得没有一丝血色，两条腿颤抖得几乎站立不住。他的脖子后面插着一把旧镰刀，腰里插着一根小烟袋，头戴着一顶古铜色的破毡帽。队长手里拿着一面从汉奸身上搜出来的太阳旗，冷静得像一尊铁人。同志们疯狂地叫着：

"他妈的打扮得多像庄稼人！"

"枪毙他，枪毙汉奸呀！"

不知谁猛地照汉奸的屁股上踢了一脚，汉奸打了个前栽，像患瘫痪症似的顺势跪倒在队长面前。这意外的结果使同志们很觉失望，开始平静下来。有人低声地讥讽道：

"唏，原来是一泡鸭子屎！"①

队长还是像一尊铁人似的立着不动，浓黑的眉毛下有一双冷峻可怕的眼光在汉奸身上掘发着一切秘密。

"老爷，俺是好人呐！"汉奸颤抖着替自己辩护，"我叫作王哑，哑巴，人都知道的。"

"是小名字吗？"队长左颊上的几根黑毛动了动。

"是小名字，老爷。小名字是爷起的，爷不是念书人。爷说起个坏名字压压灾星吧。……"

"你的大名字叫什么？……站起来说。"

"没有，老爷。""哑巴"茫然地站起来，打了个噎气，"爷说庄稼人一辈子不进学堂门儿，不登客房台儿，用不着大名儿。"

"有绰号没有？"

"差，差，老爷，'差半车麦秸'。"

"嗯？"队长的黑毛又动了几动，"差什么？"

"'差半车麦秸'。老爷。"

"谁差你半车麦秸？"

"人们都这样叫我。""哑巴"的脸红了起来，"这是吹糖人的

---

①鸭子屎是稀的，北方人拿它比作不强硬、没勇气的人物。

王二麻子给我起的外号。他一口咬死说我不够数儿……"①

"嗡!"同志们都笑了起来。

队长不笑。队长一步追一步地问他家乡居住和当汉奸的原因。

"俺是王庄人,""哑巴"说,"是大王庄不是小王庄。北军来啦,看见'屋里人'②就糟蹋,看见'外厢人'就打呀,砍呀,枪毙呀。小狗子娘说:'小狗子爹呀,庄里人都跑空啦,咱也跑吧。跑出去,唉,一天喝一碗凉水也是安生的!'俺带着俺的'屋里人'跟俺的小狗子跑出来啦。小狗子娘已经两天两夜水米没打牙。肚子两片塌一片。小狗子要吃奶,小狗子娘的奶饿瘪啦,小狗子吸不出奶来就吱吁吁地哭着……"

被绑着的农人把头垂了下去,有两行眼泪从他的鼻凹滚落下去,我们的队长用低声咕哝道:

"说简单一点吧,你说你为什么拿着小太阳旗?"

"老爷,小狗子娘说:'小狗子爹呀,处在这兵荒马乱的年头儿,咱们死了没要紧,可是能眼巴巴地看着小孩子饿死吗?'是的,老爷,小孩子没做一件亏心事,凭啥要饿死呢?小狗子娘说,'你回去吧',她说我,'你回去到庄子边把咱地里的红萝卜挖几根拿来度度命,全当是为着救救小孩子'!大清早我回去了一趟,可是离庄子还有二里远,有几个戴铜碗帽子的北军就开枪向我打起来,我又跑回来啦。回来听着小狗子在他妈怀里'吱吁吁吱吁吁……'"他开始哽咽起来。

"不要哭!"队长低声命令道,"因此你就当汉奸了,是不是?"

①"差半车麦秸"表示不够数,也就是不够聪明的意思。
②"屋里人"是女人,下文的"外厢人"是男人。

"鬼孙子才是汉奸！我要做了汉奸，看，老爷，上有青天，日头落——我也落！""差半车麦秸"耸了耸肩膀，兴奋地继续说下去：

"别人告我说，要拿一个太阳旗北军就不管了。小狗子娘自己做了个小旗交给我，她说：'小狗子爹快走吧，快去快回来！'我说：'混账旗子多像膏药呐……南军看见了不碍事么！'她说：'怕啥呢，我们跟南军都是中国人呐，你这二百五！'老爷你想我是中国人还会当汉奸吗？小狗子娘真坏事，她叫我拿他妈的倒霉的太阳旗！"他一边哽咽着，一边愤怒地咬着牙齿，一边又用恐惧的眼光看看队长。

队长又详详细细地盘问了一忽儿，渐渐松开了脸皮，不再像一尊铁人了。其时我早就想对队长说："得啦，这家伙是个有趣的大好人，还有什么可怀疑呢？再盘问下去，连同志们也不耐烦了。"队长终于吩咐我们把"差半车麦秸"手上的绳子解开。一解开绳子的"差半车麦秸"就擤了一把鼻涕，一弯腰抹在鞋尖上。这时我才发现他穿着一双半新的黑布鞋，鞋尖和鞋后跟涂抹着厚厚的一层已干和未干的鼻涕，干的地方微微地发亮。

"以后别再把鬼子兵叫作'北军'了，"队长和善地告他说，"现在打仗不同往年一样。现在——一边是咱们中国军队，一边是日本鬼。你懂吗，'差半车麦秸'？"

"怎么不懂呢？"他点点头，"我不是不够数儿呵！"

队长把小太阳旗还给他，吩咐道：

"你就在我们这里'喝汤'① 吧。喝了汤了你安心地去挖你的

①北方人把吃晚饭叫作喝汤。

61

红萝卜，敌人在夜间已经给我们打窜了。小太阳旗你还带着去，万一遇着鬼子时你就拿出来让他们瞧瞧，可别说出我们在这儿。……"

吃饭的时候，同志们都争着要同"差半车麦秸"蹲在一块儿，几乎把他的棉裤子撕毁了。起初他还非常拘束，后来看我们大家都对他十分亲热，就渐渐地胆壮起来。他吃得又快又多，碗里边舐得干干净净。吃毕饭，他又擤了一把鼻涕在鞋尖上，打了一个饱嗝，用右手食指甲往牙上一刮，刮下来一片葱叶子，又一弹，葱叶子同牙花子从一个同志的头上飞了过去。

隔了一天，刚吃过午饭以后，我又看见"差半车麦秸"在我们的院里出现。队长告诉我们说他已经加入我们队里了。我们大家高兴得疯狂地叫着，跳跃着，高唱着我们的游击队歌。可是"差半车麦秸"一直老老实实地站立着，茫然地微笑着，嘴里噙着一只小烟袋。

晚上我同"差半车麦秸"睡在一块儿，我问他：

"你为什么要加入我们的游击队？"

"我为啥不加入呢？"他说，"你们都是好人呵。"

停一停，他大大地抽了一口烟，又加上一句：

"鬼子不打走，庄稼做不成！"

我忽然笑着问道："你的小太阳旗子呢？"

"给小狗子做尿布了。"他仿佛毫不在意地答道。

"差半车麦秸"同我悄声地谈着家常。从谈话中我知道他为着要安安生生地做庄稼而热烈地期望着把鬼子打跑。并且知道他已经决定叫他的女人和小孩子在最近随着难民车逃到后方去。他同我谈话的时候，眼睛不断地向墙角的油灯瞟着，似乎有一种什么感触使他难以安下心去。我装着睡熟的样子偷偷地观察他的举动，我看见他噙着小烟袋，默默地坐了半天，不时地向灯光瞟一眼，又向我瞟一眼，神情越发不安起来。最后他偷偷地站起来向灯光走去，但只走了两步，就折回头走出了屋子，在院里撒了一泡尿，故意地咳了一声，又回到我的身边。于是他又看了我一眼，磕去烟灰，把小烟袋放到枕的东西下面就倒下去了。

"这是一个多么古怪的人物，"我心里说，"而且还粗中有细哩！"

在我们游击队住下的时候，只要我们能找到灯火，我们总是要点着灯火睡觉，从"差半车麦秸"入伍的第二天起，连着两夜都发生了令人很不痛快的事情。第一夜灯火在半夜熄灭了，一个同志起来撒尿时踏破了别人的鼻子。第二夜，哨兵的枪走了火，把大家从梦中惊起来，以为是敌人来了，在黑暗中乱碰着，乱摸着，一两支手电是不济事的，有的误摸走了别人的枪支，有的摸到枪支却找不到刀子。等惊慌平息之后，大家都愤怒得像老虎似的，谩骂并追究起熄灯的人来。队长把同志们一个一个问了一遍，却没有一个人承认。我心里有一点约莫，便向"差半车麦秸"偷看了一眼。"差半车麦秸"的脸色苍白得怕人，两条腿轻轻地战栗着，队长向他的面前走去，一切愤怒的眼光也都跟随着集中在他的身上。"糟糕，"我心里说，"他要挨揍了！"他的腿战栗得越发厉害起来，几乎又要跪了下去。可是队长忽然笑了起来，温和地问道：

"这样的生活你能过不能过？"

"能的，队长！""差半车麦秸"从腰里抽出他的小烟袋来，送到队长的胸前，"你老抽袋烟吧！"

同志们全笑了，有的笑得捧着肚子蹲了下去。队长笑得连连地打着喷嚏。可是"差半车麦秸"自己却不笑。他搔了一搔头皮，顺便用手往脖子一摸，摸出来一个虱子，又用指头捻了一下，送到嘴里"格崩"一声咬死了。

第二天我把"差半车麦秸"拖到没人的地方，悄悄地问他为什么每夜要把灯火熄掉，他的脸色红了起来，一边微笑着，一边吞吞吐吐地咕哝道："香油贵得要命呐，比往年……"他忽然搔了一下脖子："点着灯我睡不惯。呵，你抽烟吧！"

可是集体生活对于他渐渐地习惯了。他开始胆壮起来，活泼起来，他对同志们的生活也敢提出不满的见解。他懂得很多很多的土匪的黑话，比如他把路叫"条子"，把河叫作"带子"，把鸡叫作"尖嘴子"，而把月亮叫作"炉子"。他批评同志们说：

"有许多话说出口来不吉利，你可不能不忌讳。你们在做工人的时候马虎一点不要紧，现在是玩枪呐，干这道生活可不能不小心！"

同志们有时也故意说几句黑话，大部分的时候却同他抬杠，向他解释着我们是革命的游击队，既不迷信，又不是土匪，所以不能说土匪的黑话。"差半车麦秸"虽然心里不能完全同意，却也不再坚持自己的意见。他带着讽刺的口气说："俺是庄稼人，俺不懂新规矩呐！"于是他又沉思起来。

"喂！"有一天我对他说，"你应该称别人作'同志'呐！"

他微笑着，摇摇头，擤了一把鼻涕抹在鞋尖上，喃喃地争辩道：

"二哥，咱山东人叫'二哥'是尊称呢！"

"可是咱们是革命的队伍呐，"我说，"革命军人都应该按着革命的称呼才是的。"

"唏，又是新规矩！"他不满意地加了一句，"我不懂……"

"同志就是'大家一条心'的意思。"我给他解释道，"你想，咱们同生死，共患难，齐心齐意地打鬼子，不是'同志'是什么？"

"对啦，二哥，"他快活地叫道，"咱们就怕心不齐！"

在晚上出发的时候，"差半车麦秸"在我的肩膀上轻轻地拍了一下，用非常低的声音叫道："同志！"随即又羞涩地，像小孩子似的笑了起来。

"同志，"一忽儿他又用膀子尖把我碰了一下，"我们要去摸鬼子吗？"

我点点头："你怕么？"

"不，"他说，"俺打过土匪……"

我同他膀靠膀地走着，听见他的心口跳得非常厉害，便忍不住吃吃地笑了起来。

"喂，你撒谎，"我小声叫道："我听见你的心跳啦！"

他露出来慌窘的样子，把小烟袋滴溜溜地轮转着，喃喃地说道：

"我一点也不怕，怕死不算好汉！以前打土匪也是这样子，才出发时总是心跳呀，腿颤呀，可是走着走着就好了。二哥，乡下人就怕官呐……"

约莫离敌人住的村庄有三四里远的光景，我们在一座小坟园里停下了。队长征求两个同志自告奋勇走在前边探路，其余的大部分跟在后面，一小部分绕到村子后面埋伏。出乎我意外的，"差半车麦秸"忽然从队长面前站了起来，抢着说道：

"队长，我'条子'熟，让我先进村子去!"

片刻间全队的同志都茫然了。队长愣怔了一忽儿，左颊上的黑毛动了几动，怀疑地问道：

"你是说要做探子吗?"

"是的，以前我常摸土匪呐。"

有人在队长的背后咕哝道："他不行，别让他坏事吧!"可是队长立刻不再迟疑地对"差半车麦秸"说："好吧，可是你得特别小心!"他又扭过脸来命令我说："你得跟他一道去，千万不要大意了!"

"差半车麦秸"拖着我像猴子似的跳出了坟园，在我们背后留下了一些悄声的埋怨。我听见是队长的声音说道：

"不碍事的，他粗中有细。"

我们走到离敌人的村子有一箭远近，便趴在地上，凭着星光向前边仔细地察看了一忽儿，又侧着耳朵仔细听一听。村子里一点动静也没有。"差半车麦秸"附着我的耳朵说道：

"鬼子们全睡着了，你等着我……"

他把鞋子从脚上脱掉，插在腰里，弯着腰向村里走去。我非常替他担心，往前爬了十来步，伏在一株柳树的下面，把枪机扭弄开，注意着周围的动静。约莫有二十分钟光景，还不见"差半车麦秸"出来，我心里非常的焦急，一直向前边爬去。在一座车棚前边，我发现了一个晃动的黑色影子，并且有一种东西拉在地上的微声。我的心口像马蹄般地狂跳起来。我把枪口瞄准了黑影子，用一种低而严厉的调子叫道：

"谁!"

"是我呀，同志!"一个非常熟识的声音回答，"鬼子全跑光啦，咱们又白来一趟!"

一个箭步跳到声音跟前，我不放心地问道：

"全村子你都看过了?"

"家家院里都看过啦，连个人毛也找不到。"

"你为什么不早咳嗽一声呢?"

"我，我……""差半车麦秸"用膀子尖谄媚地贴着我的膀子尖，吞吞吐吐地说，"俺家还少一根牛绳哩，拿回去一根碍事么?俺以前打土匪的时候拿老百姓一点东西都不算事的。"随即他把牛绳子头举到我的眼前，嘻嘻地笑了起来。

"放下!"我命令道，"队长看见要枪毙你了!"

"差半车麦秸"眼光失望地看看我，迟疑着把围在腰里的牛绳子解了下来。我大声地咳嗽三声，村子周围立刻有几道电光击破了黑暗，同志们从四下里跑进村来。

"二哥，""差半车麦秸"用一种恐怖的将要哭泣的低声说道，"你看，我把牛绳子放下啦……"

在回去的路上，"差半车麦秸"一步不离地跟着我，非常沉默，非常胆怯，像一个打破茶盅等待着母亲责罚的孩子似的。我知道"差半车麦秸"的不安，就悄声地告他说我绝不向队长报告。他轻轻地叹息一声，把小烟袋塞到我的手里，我一边抽着烟，一边问他道：

"你知道我们为什么不能拿老百姓的东西?"

"我们是革命的队伍呐。"他含糊地答道。

又沉默一忽儿，"差半车麦秸"忽然擤了一把鼻涕，用一种感慨的声调问道：

"同志，干革命就得不到一点好处吗?"

"革命是为着自己也为着大家的。"我向他解释道,"革命是要自己受点子苦,打下了江山,大家享福呐。我们要能把鬼子打跑,几千万人都能够过安生的日子,咱们不也一样能得到好处吗?"

"自然呐,千千万万人能过好日子,咱们也……"

"到那时咱们也就有好日子过了。以后咱们的孩子,孙子,子子孙孙都能够伸直腰儿走路了。"

"我说呢,革命同志不敬神……不敬神也能当菩萨呐!"

从此他越发的活泼起来,工作得非常紧张,为挂念女人和孩子而苦闷的时候也不多了。他开始跟着我学习认字,每天认会一个字。不幸刚认会了三十个字,他就受了沉重的枪伤了。

一个月色苍茫的夜晚,我们二十个游击队员奉派去破坏铁道。敌人驻扎在离铁道只有三里远的村子里。我们并没有带地雷,也没有带新式的工具,凭着我们的力气去打算把铁轨掘毁两三根,然后出其不意地袭击敌人的兵车。我们尽可能小心地进行工作,谁知终于没法使铁轨不"钢朗"地响了起来。这响声在午夜的原野上清脆地向远处飞去,立刻引回来几响比这更清脆,更尖锐的枪声,从我们的头上急速地掠过,惊得月色突然地暗了下来。

"卧倒!"

分队长的口令刚刚发出,敌人的机关枪就哒哒地响了起来。枪弹有时落在我们的背后,有时在我们的前面画了一道弧线,飞腾着尘埃的烟雾。机关枪响了十来分钟便忽然止住。铁轨微微地颤抖着,敌人的战车驰来了……

分队长原是胶济路工程工人,是一个非常能干的家伙,他接二连三地把五六个炸弹绑在一块儿。放到铁轨下面发了一道命令:"快跑!"我们像飞一般离开了铁道,躲在一座小坟园里,静静地伏在地上。"差半车麦秸"若无其事地拿出来他的小烟袋，预备往嘴里塞去，给分队长用枪托照他屁股上敲了一下，便又把小烟袋插进腰里去了。他带着不满意的口气向我咕哝道：

"枪子儿有眼睛的，怕啥呢？"

猛地像打了个霹雳似的，铁轨下的炸弹爆裂了，敌人的战车带着一些灰尘，弹烟，破片，从地上狂跳起来，倒进灌木丛里……

"好！"二十个人的声音重新把原野震得一跳。

跟着，片刻间，一切寂静。

跟着寂静而来的是同志们的欢乐的谩骂，迅速的，简短的，几乎不为同志们所注意的从分队长嘴里发出来的命令。在这些纷乱的声音中，有一道低哑而悲凉的歌声：

"有寡人出京来……"

我们跳出了小坟园，向铁道跑去。就在这时候，敌人的机关枪比先前更凶猛地响了起来。"差半车麦秸"在我们的面前正跑着，叫了一声"不好！"便倒了下去。但我们并不去管他，只顾拼命地前进。我们还没有达到铁道线，敌人的马蹄声已经分明地从左右临近了。我们开始退却……

我跑过"差半车麦秸"的身边，看见他拼命地向着马蹄声响处射击。我说："挂彩了么？能跑不能跑？""腿上呐。"他说，"我留下换他们几个吧……"我不管他的反抗挣扎，把他背起来就跑，有时跌了一跤，有时滚下沟里，……枪声，马蹄声，背上的负担，仿佛对于我全不相干，我只知道拼命地跑，而且是非跑不可……

回到队里，才发现"差半车麦秸"的背上中途又中了一弹，他已经昏迷不醒啦。我们把他救醒过来，知道枪弹并没有打进致命的地方，便决定把他送往后方医院去医治。当把他抬上担架床的时候，他的热度高得怕人，嘴里不住地说着胡话：

"嗒嗒！咧咧！黄牛呀！……嗒嗒！……"

二十七年四月初写于武汉旅次

一个连长的战斗遭遇

丘东平

【关于作家】

丘东平（1910—1941），原名丘谭月，又名丘席珍，笔名东平，广东省海丰县人。16 岁加入中国共产党，17 岁参加海陆丰人民武装起义；九一八事变后，丘东平参加中国左翼作家联盟，创作了短篇小说《通讯员》；1934 年底到日本，参加左联东京分盟；全面抗战爆发后活跃在抗战的最前线；1938—1939 年先后发表了《一个连长的战斗遭遇》等小说和战地特写《第七连》《叶挺印象记》；1940 年到苏北解放区任鲁艺华中分院教导主任；1941 年 6 月率鲁艺二队师生突围时不幸牺牲，时年 31 岁。

【关于作品】

《一个连长的战斗遭遇》创作于 1938 年。小说正面描写了抗日战争中在力量悬殊的情况下，某部第四连独立作战的经过。小说主要塑造了第四连连长林青史的形象，他年轻有为、英勇果敢，在枪林弹雨中负重前行，不屈不挠，奋战到底。小说作者丘东平有着参加抗战的亲身经历，因此他的小说中对战争的紧张、胶着的描写让人身临其境。这篇小说描写了随着战争的逐步深入，军队和士兵们是如何在紧张的态势下进行顽强的抗争的。小说正面向我们展示了战争的残酷与激烈，描写激情澎湃，让读者沉浸其中。胡风在《忆东平》一文中，说这篇小说"是中国抗日民族战争的一首最壮丽的史诗。在叙事与抒情的辉煌的结合里面，民族战争的苦难和欢乐通过雄大的旋律震荡着读者的心灵"。

我们构筑的阵地，
我们自己守着！

营长，高华吉少校，狞恶的面孔显得衰落而毫无光彩，垂着头，目光隐隐地流射着忿怒和暴戾，仿佛心里正怀下了一种异样的巨重的痛苦，如果这时候只剩下他自己一个人，他也许要为了孤独而掉下眼泪。

但是他找到了林青史。

他鼓着那粗大的，起着脊棱的颈脖，雷一样地吼叫着。

"唐乔方面为什么忽然又发出了地雷声，那又是爆破桥梁的么？"

林青史是第四连的连长，他穿一套新的黄色军服，挂着短剑，年轻而漂亮，太阳光照在他的身上，叫他的军帽的黑皮舌头的边和上衣的纽扣发出新鲜、洁净的闪光，垂下着两手，少女一样的胆怯而庄严，在高华吉的面前静穆地直站着。

从这里刚才所听见的什么爆破桥梁的地雷声起，以至关于别的琐碎，纷杂，难以归类的突发事件的询问，高华吉的愤愤不平的气势似乎始终不可遏止。——他又问了林青史家里的一些情形。

"这里有四十块钱，都拿去吧！我接到你的家里从嘉定转来的电报，说你的父亲病重将死，叫你回去，……回去……我想……"

他变得很和蔼的样子，情绪也似乎平静了些，擦一支火柴吸起烟来了。嘴里发出的声音杂乱而模糊。

林青史的直立不动的影子在鲜明的太阳光下整个地发射出令人目眩的光彩，直着鼻子，合着细小美丽的嘴唇，垂下着视线，长长的睫毛呈着金黄色，像一座石像一样的静穆。

"电报……电报……"他用了庄重、良善的目光凝视着营长的凶恶而残暴的面孔，低声地这样说，"那是假的。我了解我的父亲，他恐怕我要在火线上战死，所以叫我回去，他只有我这一个儿子。"

"是的，我也这样想。——那么，都拿去吧！把四十块钱都拿去吧！你的家里这时候会得到一点钱用，是适当的。"

说着，把四十元的钞票放在林青史的手里，非常舒适地摆动着两手，背脊变得有点驼，跨着阔步向左边的小河流的岸边去了。

他不断地回转头来，高举着的右手稍微弯曲着，上身向前面倾斜，伸长着脖子，背脊更驼些也不要紧，这样还了林青史的敬礼。

×××师第一线的阵地近在两公里外，猛烈的炮火疲乏地发出力竭声嘶的音波。炮弹掠过了高空，把天幕撕裂着，正如撕裂着一张绸子。

　　林青史的心里有点悲戚，他的洁净的面孔略呈绯红，黑色的灵活的眼珠在长长的睫毛下转动着，胆怯而稚弱，简直要对着那强暴的炮声羞辱自己的无能。他踏着葫芦草，在一条湿落落的田径上走着，四边没有树林，让自己的身体在鲜丽的太阳光下完全显露，前面，第四连的兄弟们，像忙碌蚂蚁似的在浅褐色的土壤上工作着，田圃上的向日葵一排排以纯净、坦然的笑脸对太阳做着礼拜。

　　新的土壤喷着热的香气，还未完成的散兵壕在弟兄们迟钝而沉重的脚步下羞辱地发出烦腻的水影。散兵壕又狭又浅，铲子和铁锹都变得钝而无力，弟兄们疲困得像管子里的赤虾。

　　一个沙哑的声音这样唱：

> "我们这些蠢货，
>
> 要拼命地开掘呵，
>
> 今天我们把工事做好了，
>
> 明天我们开到他妈的什么包家宅，
>
> 后天日本兵占领我们的阵地。"

　　歌声没有节拍，好些地方完全像说白一样地进行着。别的人沉默起来了，想要发出强大的呼叫，但是神经过敏地感到了绝望和空虚而归于静寂。

　　"有一天会到来的，我们构筑的阵地，我们自己守着……"

　　"不，话应该这样说，我们构筑的阵地，要让我们自己来守!"

　　于是林青史和他们做了这么一个结论：

　　"有一天会到来的……"

林青史在松而带有湿气的泥土上坐下来，把军帽子推到脑后去，黄色的裹腿松脱了，一条蛇似的胡乱地缠着，也不去管它。他不但疲困，而且简直是毫无把握的样子，松懈得要命。从营长的面前保留下来的端庄的体态像一件沉重的外衣似的从他的身上卸下了，他仿佛坠入了更深的疲困和忧愁。

他沉重地叹息着。

一颗炮弹飞来了，落在左侧很近的河浜里，高高地溅起了满空的烂泥。相隔不到五秒钟，又飞来了第二颗，落在阵地的右端，炸死了三个列兵。

这是一个时运不济、命途多舛的莫名其妙的队伍，它常常接受了一个新的奇特的任务，这新的奇特的任务又常常中途从它的手里抛开，换上了更新、更奇特的。

……谁也不知道。

特务长说是联络友军。

连长在每一次的阵中讲话中也不曾提及。

营长是那样的暴躁而忙乱，像一只断头的油虫，东撞西碰，自己就有点捣搅不清。

十一月十八日从昆山到浏河，二十日从浏河到嘉定，二十二日从嘉定到大桥头，同日又从大桥头到广福。现在又从广福到包家宅来了。

早上，天下着微雨，白色的雾气一阵阵从土壤里喷射出来，压着低空，竹叶子簌簌地低泣着，挂着白光闪烁的泪水。

这里的阵地前面有一座独立家屋，它构成了射界里的两百米达那么大的死角，——凡是阵地前面的死角都把它消灭了吧！

十五个列兵，由班长做着带领，携带着铁棍和斧子，唱着歌，排着行列，与其说是为了战斗的利益倒不如说是为了泄愤，在对那独立家屋施行威猛的袭击。

他们发挥了强大的威力，像一下子要把整个天地的容颜都加以改变似的，用了最大的决心和兴趣在处理这个微小得近乎开玩笑的任务。六个列兵像最厉害的强盗似的爬到屋顶上去了，强暴地挥动着沉重的铁棍，屋顶的瓦片像强大的恶兽在磨动着牙齿似的响亮地叫鸣着，屋顶一角一角的很快地洞穿了，破坏了，年长月累地给紧封在屋子里的沉淀了的气体，人的气息和烟火混合的沉淀了的气体直冲上来，发出一种刺鼻的令人喷嚏不止的奇臭。弟兄们的凶暴的兽性继续发展着，他们快活了，这是战地上常有的快活的日子……

"酒呵！……火腿！……"

屋子里叫出了模糊的声音，屋顶上的人阔达地大笑了，瓦片和碎裂的木片像暴风雨似的倒泻下来，在这样的场合，就是把屋子里的人压死了也是一种娱乐。另外，有八个列兵排成了齐整的一列，一，二，三，把那江南式的，单薄的，弱不胜风的墙壁的一幅推倒下去了，暴戾而奇怪的声音高涨得简直是一齐地在喝彩。失去了支撑的屋顶摇摇欲倒。互相间的凌辱和唾骂也继之而起了，屋顶上的人和下面的人很快地构成了对峙的壁垒，为了执行破坏的工作而发生的兴趣迅急地在起着奇特的变化和转移。

冒着碎瓦的暴风雨，从屋子里奔出来的是一个壮健、矫捷的上等兵，他仿佛在夜里独断独行似的充分地发挥他为了和人群相隔绝而更加盛炽起来的狭窄、私有、独占的根性，张开着强大的臂膊，低着腰，像凶狠的狼似的在劫夺他丰饶的猎取物，新制的橘黄色的衣橱的抽屉被搬出来了，这里有女人的裙子，孩子的玩具，真美善书局发行黑皮银字的《克鲁泡特金全集》，席勒的《强盗》，小托尔斯泰的《丹东之死》，还有象牙制的又小又精致的人体的骷髅标本，而最重要的还是酒和火腿。

所有的人都被吸引着来了，女人的袜子套在鼻尖上，书籍在空中飞舞，衣橱的抽屉成为向敌对者攻击的武器。

学生出身的班长远远地站立在旁边，发晕了似的坠入了复杂、烦琐的想象中去了。

他非常真挚地欢迎这一切新颖的景象的到临，对克鲁泡特金、席勒、小托尔斯泰和对女人的裙子、孩子的玩具一样的尊重和注意。他非常怜悯地对那被残暴地围攻下来的上等兵做着这样的慰问。

"还有别的么？你的酒呢？火腿呢？"

在这样的场合，把酒喝掉，把火腿吃掉，不会比把它们放在脚底下踩踏，把瓶子敲碎，或者全都抛进河滨里去更有意义……

雨逐渐地加大了，未完成的散兵壕装上了水，从消灭死角的事继续下来的兴趣早已失掉了。弟兄们废弛地把铁铲和锹子都抛开了，躲在近边的竹林里，放纵地，有意地空过这个时机，因为雨的逐渐加大而使日本飞机不能活动的这个时机，严重的任务还是暂时地在另一处所把它寄存着吧……

"动工！动工！"

学生出身的班长叫起来了，又吹着哨子。他的个子又矮又小，在阵地左端的未完成的掩蔽部的高高突起的顶上，木桩一样地直站着；他要作为一个真实的头目，一个标帜，让雨在头上淋着也不在乎，用他的毫不浮夸，毫不动怒的样子在对着所有的弟兄们施行吸引，又像做着怜惜似的这样说：

"慢些来吧！这儿的雨正下着呢！……"

弟兄们仿佛非常抱歉地，非常和睦地回答他一个"不要紧"，于是高举着脚跟，踮着脚尖，散乱地离开那竹林，沉重的铁铲和锹子像最难驱除的病魔似的侵蚀着他们每一个的强健的体格和姿势，又像蛇似的死绊着他们，叫他们把铅一样沉重的头颅倒挂在胸口，像一条条的奇异的毛虫似的死钉在那黯淡无光的土壤上面。

下午五时三十分，高华吉营长召集全营的官兵训话。

他垂着头，说话的声音没有抑扬，有时忧愁地望着远方，目光严峻地发出痛楚的火焰，每当他说出了一句话，就皱着眉头，像咽下了一口很苦的药一样。

"……一·二八的当日我们在杨行战胜了敌人，和我共同作战的兄弟们，能忠心于我，忠心于军令的，无论已否战死，都成了我最亲爱的朋友。因为战斗需要勇猛，我屡次要求你们拿出强盛的威力，对于战斗军纪，须以殉道者的洁净，诚意，永不追悔的态度去遵守，我今日还是这样的要求你们……"

雨停了，天空一团漆黑。队伍回避着公路，在一条湿落落的田径上走着，通过了×××师防线的侧面。猛烈的炮火把整个的阵地掩盖着。敌机在黑空里盘旋侦察不停，照明弹一颗颗由高空溜下，有如流星下坠，在那艳丽的亮光照耀之下，繁茂的灌木丛像碧绿的云彩，一阵阵在前面涌现着。为了防御空袭，队伍停止，掩蔽，竟至五六次之多。到达新阵地的时间在下半夜三时左右。

天还没有亮，营长命令到张家堰阵地前方侦察地形。林青史匆匆地叫何排长集合全连到村子背后的竹林下举行晨操。数周来忙于行军和构筑工事，一切应有的教练都无形中废弛了。

五时三十分到达营部，各连长都已经齐集。高华吉营长站立在门口吸烟，严峻，黯淡的样子不稍变改，大约是为了等待林青史一人而把时间耽误了吧。林青史的稚弱而漂亮的面孔略呈浅绿——事实上，营长并不为了林青史的迟到而有所介意，他看林青史来了，还递给林青史一根烟卷。

阵地侦察完毕，阵地编成也大致决定了。第四连担任营左翼一排阵地之构筑，真是意外的事，这次的工作那样微小，是出发到现在所不曾有的。营长恐怕耽误了时间，再三吩咐林青史应于明天晚上把工事完成，还要在各个散兵壕加筑强固的掩盖，右边和第五连所构筑的阵地相连接的交通壕也归由第四连开掘。虽然增加了这个工作，而时间却还是充裕得很。

第二天早上五点钟光景，敌机的强烈的马达声惊醒了弟兄们深浓的睡梦。从拂晓至天亮，落于×××师右翼阵地的重量炸弹不下两百多枚，炸弹的爆裂使整个的地壳沉重地发出颤抖。机关枪声也激烈地发了，看来敌人的强大的攻击已经开始，在火线上的中国军究竟和敌人怎样战斗的情景，晕蒙不明地被隔绝在一个神秘的炮火连天的世界里面。狂暴的战斗的惰性使炮火的音响停滞在一种坚凝不散的状态。而且逐渐地加重，至于使空气疲乏地发出气喘。

林青史下令各排推出警戒兵到驻地前方严密警戒，以防避第一线的溃退。但是直到午前十一时，前线的阵地还是屹然不动。

高华吉营长到连部来了。

营长，林青史，首连长郭杰，三连长周明，还有上尉营附等等，为了视察昨日构筑的工事，他们匆匆地又离开了连部。正午十二时视察完毕。临走的时候，营长吩咐林青史，限于今晚八时前把工事完成，因为恐怕又有了新的任务。

正午以后，前线似乎比较平静些了，但是炮火依然猛烈得很，间或有一二炮弹飞来，狂暴的爆炸声中，可以听得弹片落在水里，为了骤然遇冷而叫出的向人追索的可怖的嘶声。飞机还是在阵地的上空盘旋着，弟兄们永远是那样的一种愚蠢的样子，一点也不懂得掩蔽，对那司空见惯的敌机保持着浓烈的兴趣，百看不厌。这样一来，阵地的目标完全暴露了。等到炸弹下降才知道危险，已经无济于事。对着这可恨的蠢笨，林青史曾经屡次地加以斥责，却还是没有效果，只好处罚十多人在树林里立正二十分钟。对弟兄们施行暴力教练这还是最初第一次。

一点钟光景，全连又出动了，为了继续那未完成的工事。

铁铲和锹子残害了整个的队伍的姿容，弟兄们铁青着面孔，瘦削的脖子在阔大的衣领上不由自主地动荡着，臃肿的军服使他们变成了无灵魂的傀儡。

一个沙哑的声音开始这样唱：

"我们这些蠢货，……"

"唱吧！"第二个声音接着这样叫，"兄弟们唱吧！我们都懂的！……"

沙哑的声音又开始这样唱，渐渐地得到了人们的附和：

"我们这些蠢货，

要拼命地开掘呵，

今天把工事做好了，

明天开到他妈的……

喂，这又是一个什么去处？张家堰！

他妈的什么张家堰，

后天日本兵占领我们的阵地！……"

刮了整整一夜的狂风，禾苗和树林都显出了枯干的样子，天气骤然变冷了，前线的炮声稍为稀疏些，机关枪还是无时停止。……对于战斗的激发紧张的想象，为稳定下来而毫无变化的现状所击碎。离开了幻梦，归返了原来的自己，英勇、杰出的人物似乎也变成了平庸无奇。……

营长带领着各连长在新阵地视察了一周，把所有的工事都加以分配。第四连担任营第一线右翼一排及营的前进阵地的构筑，恐怕时短工多，特加派团担架排兵士十名协助搬运木料、阵地前面的障碍物和坦克车的陷阱，团部已另派工兵营前往开设去了。

回来后立即将队伍移来新阵地后头不远的陆家窑，这里距张家堰只一里地，张家堰阵地定于明日移交十一师据守，未交代之前还是由第四连负责，这样麻烦的事逐渐加多了。九时三十分光景，林青史已经把属于本连的工作区分完妥，第一二排筑营之前进阵地，第二排筑第一线右翼一排阵地，各排除了做土工之外还得采集木料，担架兵十名协助一三排工作；各排长随即依着这分配各自动工，前进阵地则由林青史亲自经始。

……一如战士们所期待，凶恶的战斗场面终于在阵地前面展开了——

从阵地望去，相距约六百米远，中国军第一线左翼突然现出了一个缺口，溃败下来了，像决堤之水似的溃败下来了——这里的炮火的猛烈是空前的，在那直冲天际的跟随炮弹的炸裂而喷射的泥土和烟火中，溃败的中国军似乎把方向迷失了，只管在愚蠢地寻觅着，他们的战斗力完全为日本的强大的炮火所攫夺，他们的服装，他们的手中的武器，甚至他们整个的身体仿佛对于他们残败下来的灵魂都成为可悲的赘累。敌人的炮弹已经开始延伸射击了，密集的炮弹依据着错综复杂的线做着舞蹈，它们带来了一阵阵的威武的旋风，在迫临着地面的低空里像有无数的鸥鸟在头上飞过似的发出令人颤抖的叫鸣，然后一齐地猛击下来，使整个的地壳发出惊愕，徐徐地把身受的痛苦向着别处传播，却默默地扼制了沉重的叹息和呻吟……

第四连的阵地和第一线的距离突然缩短，敌人的炮火的延伸射击使第四连的兄弟们在互相间的愕然的目光对视之下，竟然神会意达地把握到一个必须立即践行的任务。

班长，一个久经战阵的湖南人像尺蠖似的把铁般坚硬的背脊屈曲着，他握着枪杆，迅急地从一个散兵壕跳过又一个散兵壕，暗暗地在弟兄们的心里煽起了战斗的火焰，企图着在自己的一举手一动足之间给予弟兄们一个神圣的教范。全连的弟兄们最初就在壕沟里布成了一个完整的阵容，他们什么都预备好了，而所缺少的只是一声前进的命令。

湖南的班长低声地呼叫着：

"冲呵……"

一个年轻的列兵，坚定的目光透过了炮火连天的田野，高大壮健的身躯比一个最成功的不动姿势还要静止，看来他的灵魂是早就已经和战斗合抱了，在战斗中沉醉了，落在后头的只不过是一个死的身躯而已。

"冲呵！……"

年轻的列兵发出短促的语句像回声似的应和着。

炮火更加猛烈了，溃败的中国军在纷乱中似乎已经取得了正确的方向，取得了失去的自尊和活力，他们仿佛并不贪图获得友军的援助，虽然在极端危险的处境中还是以获得友军的援助为耻辱，他们反攻了。不错，从这里可以明显地看出，他们在毙败中还是把面孔面对着仇敌，为子弹所击中的都是面对着仇敌倒扑下去，无疑地他们在毙命之前的千分之一秒的时间中还能够把握到非常充分的战斗的余裕。

这之间，第一线的战局正起了急激的变转，第一线的屹立不动的正中和右翼的中国军对于他们整个的阵线还是负责到底的。右翼的中国军已经开始为挽回这危殆的战局而迅急地、适时地反攻了：战斗的实况显然是这样说明着，第一线给冲破下来的缺口还是由第一线负责去填补。要知道，战斗的力量正如珠宝一样珍贵，谁不爱惜自己的战斗力，谁就免不了要做出错误的徒然的举动！

由于热炽如火的战斗企图所激发，第四连的兄弟们毫无多余的偏情和私见，他们的态度是坦然的，无论在援助友军或打击仇敌的意义上，他们都以能痛快直截地执行战斗为至高无上的光荣。

他们于是一个个跃出了他们的壕沟。当然，这壕沟向来对于他们都是毫无用处的，为了那些层出不穷的新的奇特的任务，他们已经屡次把构筑完竣的漂亮的工事完全抛掉……

现在一切的责任都集中在林青史一人的身上了。

林青史的面孔在那黑色发亮的帽舌下严肃而缩小，颜色是青白的，在鲜明的太阳光照映之下，仿佛白蜡一样的透明，双眼发射出洁净而勇猛的光焰，他在表情和动作上都似乎是隔绝了所有的部属而独自存在的一个。他藏身的地点是在阵地左侧的营的前进阵地后方的最左端，对于这急激的场面他是一无所动地然而目不转睛地在察看着，他知道，如果在不必要的场合，特别是没有命令而使用兵力，在战斗军纪上是一种有害的不合的行为。

"哥儿们，你们想蠢动么？你们能够把战斗军纪完全抛弃不顾么？"林青史发出明亮的锐利的声音这样叫。

"不，我们要出击！"

"出击吧！"

"如果不出击，我们是不是还预备开走？我们再不开走了，我们构筑的阵地，我们自己守着！"

"是呵，我们除了出击再没有更新的任务！"

……

"不，不！"林青史厉声地做着怒吼，"你们这样说是错误的。我要你们绝对遵守战斗军纪，谁想出乱子我就枪毙谁！"

炮火太猛烈了，整个的阵地坠入于难以挽回的骚乱的危境。林青史的声音显得低微而无力。

弟兄们爬出了战壕，一个个像鸵鸟似的昂着头，他们的杀敌的雄心依据着蠢笨的姿态而出现，他们一个个都像抱着最单纯的意志而死去了的尸体，敌人的猛烈的炮火吸引着这尸体的行列，叫他们无灵魂地向着危险的阵地行进，什么都不能动摇他们。

他们的强大的决心使林青史怀疑了自己发出的命令——这个出击是不对的么？沉迷于战斗的兵士们已经发出了他们难以制止

的疯狂行为，在这个神圣的行列中，林青史，一个优秀、漂亮的少年军官，他是不是要做他所带领的部属的尾巴呢？他十二分地了解弟兄们这时候的心理——他和所有弟兄们的强固的灵魂是合一的，对于战斗所怀抱的热情，他要比所有的弟兄们都高些……

他们行进了——

第四连全连的兄弟们，成为一个小小的队伍，像一队来自旷野的鬼魂似的，在孤单和悲苦中跃动着他们黯淡无光的影子，他们是愚蠢的，但是他们带了无视一切的惊人的勇猛，在直冲天际的跟随炮弹的炸裂而起的泥土和黑烟的林丛中，他们毫不纷乱地保持着完整、活跃的队形，用第一排勇猛的影子领导着第二排勇猛的影子。

于是这里发现了一个奇迹：林青史，那漂亮的少年军官像蛇似的胆怯而精警地跃出了战壕，青白的脸孔变成了灰暗，仿佛直到这一秒钟止还不能解决他内心的痛苦和忧愁，他并没有放弃他的"不准出击"的命令，但是他只能发出一种模糊不明的声音，他一面叫着"停止"，一面用锐利的目光注视着前头的劲敌，他的坚决的行动完全否定了自己发出的命令的内容。

……舍弃了自己构筑的壕沟，越过了敌人的炮火延伸射击的界线，把握了战斗的时机，无视了敌火的威猛，第四连的兄弟们，在第一线的残破不堪的阵地上，像夜行的野兽似的，单薄地，寂寞地踏上了他们的壮烈而可悲的行程……

第一线的中国军对敌人的前进部队的袭击已经遵行了他们的任务——战斗从午前十时起，一直继续了八个钟头之久。中国军在苦斗中提高了自己的战斗效能。第四连的参战从最初起就澄清了阵地的纷乱局面，澄清了敌火的强暴和污浊……

但是新的任务像诡谲的恶魔似的神秘地和不幸的第四连互相追逐。这期间，营长高华吉接到了把队伍移向小南翔方面去的命令，他要把全营的队伍集中，却找不到第四连的影子。第四连失踪了，对于第四连的行动，营部始终没有得到一字一纸的呈报。

太阳在西方的地平线落下，蓝灰色的天空显得松弛而疲乏，第一线的枪炮声还是继续不断，但是从这里听来已经逐渐地疏远了。营长驼着背，伸着颈脖，军帽子放在后脑上，拼命地在吸他的烟卷。有时候从嘴上把烟卷摘开，眯着双眼，疯狂地把烟卷注视了整半天，仿佛抓住了他的凶恶而珍贵的目的物，正预备着用全身的力气来对付他一样。

队伍集合了。

营附，那高大壮健的浙江人用一种沉重的声音报告已经到临了出发的时间。

高华吉少校有着他的奇怪的性格，他在发怒的时候变得良善而和蔼，说话的声音很低，很珍重，俯着头，眼睛看着地上，一字，一句，非常清楚地这样说：

"如果第四连七时不归队，就宣布林青史的死刑。"

在这一次的战斗中，第四连全连战死和失踪者二十七人，三个排长都战死了，剩下来的战斗兵和官长一起算，得八十七人，收容的地点是在刘家宅，在张家堰的南方，距他们的本阵地约二十公里。失去和营部的联络，又找不到半个伙夫，伙夫做饭的地点和他们的本阵地本来就有五公里的距离，伙夫大概已经做了友军的俘虏。

刘家宅这个村子是一个很小的，小到只有一家人的村子。老百姓都跑光了，屋子里发了霉。地雷虫在墙角边大肆活动。八十七人空着肚子，有钱也买不到食物，连剩下来的一点炒米也吃完了，受伤的弟兄得不到医药……

连部三次派出传令兵去找寻他们的营部，都没有着落。

早上五点二十分光景，连长林青史开始对弟兄做作这样的讲话。

"……我希望你们了解我是怎样的一个人，我愿意在今日的艰苦的处境中做你们一个最好的长官，"他坦然地，非常坚定地这样说，"我们今日碰到这样的难题，第一，我们要不要继续战斗呢？……第二，我们没有上官的指挥，没有可靠的给养，我们和原来的队伍完全断绝了关系，但是我们的战斗力没有失掉，至少我们的手里还存有着武器，我们有没有继续参加战斗的可能呢？"

为了避免敌机的侦察，八十七人的队伍全装在那三丈见方的屋子里，挤得很紧。弟兄们很嘈杂，似乎并不曾深切地了解林青史的意思，林青史的话只能够引起他们暗暗地互相发出疑问。一般的情绪陷于苦恼和疲乏，他们并不表明自己的意见，但是他们的意见却是确定了的，这确定的意见绝对地不能遭受任何违反。

林青史于是把他的话继续着：

"现在，我们真的到达了我们的目的地了，我们的目的地就是战场，我们再不受一些无谓的任务所牵累，我们的脚跟所站立的地方，我们自己守着。我们今天饿肚，我们不相信明天也是饿肚，天一黑，敌机不来袭击，我们有充分活动的时间和机会。我们唯一的任务是坚决保持我们的有生力量，不要把自己的队伍拆散，我们希望在最短的时间中恢复和营部的联络，但是我们不能在这个时间中躲在一边，我们必须和敌人继续做积极，艰苦的战斗。"

十一月二十五日的晚上，天空布满着浓云，四下里完全漆黑，队伍离开了刘家宅沿一条小河流的岸边向南翔方面开动。战斗的中心似乎从大场转移到真如来了，前线的炮火依然是那样威猛。八点三十分光景，他们经过了一个村子，遇见了二十五个从大场方面溃败下来的友军。

这二十五个在极度的疲劳和饥饿中遇到丰饶的食物——他们在这个村子里得到了一只猪，一缸藏在地底下的老酒……这种情景实在令人难以想象，当第四连的兄弟们开进这村子来的时候，他们发现那二十五个像死尸似的在屋子里躺倒着，屋子里浮荡着一种沉重的奇怪的噪音，二十五个无灵魂地成了腐烂而污浊的沉淀物，仿佛正在对着那战场上的恐怖的重压苦苦地发出令人怜悯的哀求。但是有一件事必须注意，在这样的风声鹤唳的情景中，一切的人与人的关系都埋藏着暴烈的炸药，残酷的战斗将如鼠疫似的传遍于全人类，可怕的杀戮行为普遍地发生于人与人之间，有时候也不问仇敌和友人。

"我们要不要缴他们的械呢？"特务长低声地问。

兵士们也意动起来，做着跃跃欲试的样子，他们想拥进那屋子里去，好几支电筒在门口乱射着，但是林青史立即加以制止。

林青史独自个走进屋子里去，他轻轻地把一个醉得像烂泥一样的"死尸"摇醒起来。于是这里发生了很碰巧的事情，林青史遇见了他在广州燕塘军校的一位朋友……

他名叫高峰，原是一个高大壮健的少年人，现在带了花，面孔黄得像一个香瓜。他的左手的掌心在战斗的时候给击穿了，用自己带来的纱布包扎着，包扎得并不妥当，有时候突然有多量的血从创口涌出来，叫他全身像患了疟疾似的冷得发抖，他用一种微弱的声音对林青史这样说：

"我觉得所有的军人大抵都是悲苦的，一个人从军校中毕业出来，挂着短剑，穿着军服，看样子也和别的所有的同学一样，都是英勇的，壮健的，有时候在马路上走过，也引起了许多人的羡慕。一上了战阵，战死和受伤都不重要，不能达到任务是一件最痛苦的事情。我的理想是很高的，我有我自己的不能告人的简直可以说是虚妄的一种很大的抱负，从这一点我曾经长时间地尊重自己，同时也曾经对别的人骄傲过。我似乎无形中得到一种暗示，我觉得世界上不幸的人太多了，也许是到处皆是，但是这里面决不会有一个我，这个幻梦薄得像一重薄纸，但是我决意用尽心力来保全它，我相信我有自己的聪明，我能够清楚地辨别我所走的路程，这路程既大又远，我几乎无时无刻不在这里保持着一个伟大的长征者的身份……"

这是第二天的晚上。通过了高峰和林青史的友谊的关系，二十五个和八十七个从最初起就存立了和好。屋子里还剩下好些米，好些大头菜，勉强疗治了第四连的兄弟们的饥饿。林青史坐在门槛上，把军帽子脱下来，垂着头，芜长的头发发出暗光，像一个怕羞的小孩子。高峰躺在林青史对面的一张竹椅上，说话的声音逐渐变得壮健而洪亮，他仿佛非常满足于自己所能叙述的一切，特别是关于一个沉痛的悲剧的叙述。

"三月前，"他接着说，"我在广东的部队里当一个少尉副官，我的老婆和所有的朋友都写信来对我庆贺，我并不认为这就是我的荣耀。我觉得自己好像在浓雾中行进，踪迹是秘密的，没有人了解我的来路和去处，有时又觉得自己好像一个海岛，这潜伏在海里的是一个大山脉，但是露出海面的只是一个很小的黑点。正为了这缘故，所以无论，怎样大的风浪都不能把它动摇分毫……这个幻想确实是可笑得很，但是我需要这样的幻想，我甚至愿意接受这个幻想的欺骗。不久我们的队伍开到前线来了，我做了一个排长我知道我也许能够在战斗中培养成一个杰出的人才。十一月十八日的夜里，我们一排人在刘行前方放军士哨，遭遇了一队强大的敌人的袭击，三十五人（除了我自己）在顷刻中全都死尽了。这个现象十分地使我惊愕，我认不清战斗是怎么一回事，战斗像一个强盗，一个暴徒，当稍一松懈的时候，它突然地在前面出现了，而最使我痛苦的是，当战斗一开始，我们就给限制在被袭击的地位。我们的枪是在手里拿着的，但是我们始终找不到战斗的对手……"

林青史困惑地沉默着。他的睫毛很长，眼睛格外乌黑，青白的面孔显得有点憔悴。高峰的声音倦怠地模糊下去了，他发出了轻微的叹息和呛咳。

"那天夜里我从阵地逃了出来，"他的话继续着，"我混在一队败兵的里面，有三天的时间我几乎完全失去了知觉，失去了理智，我不知道那时候是否应该活着。我对不起我的职务，对不起我的长官和朋友。"

前线的炮声渐渐地又接近着来了。这屋子里的空气是黯淡而坚凝的，林青史用一种很低的声音非常郑重地这样说：

"战斗是严重的，我仿佛认识了它既庄严又残酷的面貌，这面貌每每使我胆寒，我真的不敢对着它正视，我承认我直到今日还是弄不清楚，正好比沉迷在梦中。这些现在都且搁开不管吧，只要能够恢复我们的战斗的勇气，我们用不着处处用严厉的词句来追问自己，我们有什么需要向自己追问的呢？我们说，我们已经站牢在火线上了，我们正在和敌人战斗着，是的，战斗着——什么时候我们战死了，我们个人的任务也尽了。兄弟，这是很简单的一件事，很简单的……一件事……"

黄昏的时候，据村子南面的瞭望哨的报告，有一队日本兵从南面不远的一个村子里，沿着左边的一条公路开出了。这个消息立刻引起了屋子里的人很大的骚动，堕失了战斗意志的败北鬼们，像鼠子似的，眼睛闪耀着火，在屋子里切切地私语着，狠狠地做着流窜……高峰从地铺上爬起来，面孔痛苦而灰暗，鼻梁的中段显得过分阔板，这过分阔板的鼻梁几乎要把他作为一个人的表情完全毁坏。他沉默着，像一个木偶似的站立在林青史的面前。

"我们是不是要避免这个战斗？"

"我们逃吧！……"

"我们还能够作战么？"

许多人都急急惶惶地暗暗地在这样考虑着自己，追问着自己，仿佛各人都有不同的意见和主张，但是都没有响出半声，提心吊胆的骚乱的情绪完全为一种可怕的沉默所掩盖，而所有的眼睛都集中在林青史一人的身上。

林青史站在他们八十七个的队伍的中间，这八十七个虽然也是残败的一群，却还能够保持他们的严谨的阵容，至少他们还存有着坚定的信心，到了日暮途穷的绝境还能够不辞一战……

林青史坚定地，非常简短地这样说了：

"同志们，跟着来吧！能够走得动的都跟着来吧！不能够走得动的我们也并不抛弃你们。因为现在战斗的地点就在这村子的圈子里，一个钟头之内一切都清楚了，如果我们能够战胜敌人，我们总有一个新的转机，不然我们失败了，我们也只好同归于尽！"

于是这里发生了神奇的事迹，少数的伤兵静静地躺在屋子里，大多数的战斗员，不分来历的不同，不管所属的部队的各异，他们默默地排列起来，默默地跟随在林青史的背后，虽然有些人的心里还是疑惑不定，不能很快地立下战斗的决心……

整个的队伍都沉静下来，听不见一点声息，忧郁的原野显得空洞而辽阔，一百多个在村子前后左右的树林里，罅隙地，小河边，田径下，像田鼠似的把自己掩藏得没影没踪。

从南面来的敌人是一个颇为强大的队伍，黄色的，默默地闪动着的影子融化在黄昏的暗灰色的气体里面，在阵地上，像这样漂亮而整齐的敌人的队伍是不常见的，这个队伍像一条出穴的凶恶而美丽的蟒蛇，使所有惧怕它的和不惧怕它的人们都十分地被它所吸引。这一队敌人大概是从江桥方面来的。看来江桥是毫无声息地落陷了，而且谁也不能断定南翔是否还在中国军的手里。

苏州河北岸的战斗也许全都结束了，失去了战斗力的中国军看来已经撤退完了，不然日本军不会这样骄傲，他们挺着胸，排着整齐的行列，战斗斥候也不放出半个，枪杆，刺刀，以及身上的军服看来都是簇新的，他们的体格看来都十分壮健，肩膀张得很阔，虽然有些矮得不成样子。他们这样舒舒服服地在阔路上走着，仿佛来的时候既然和战斗没有关系，如今走向那里去也绝对地不会遇到战斗……

黄色的行列在公路上行进，雪亮的刺刀在暮景中发射出暗白色的光焰，掩藏在小河边的十五个挺着枪尖，面对着近在二十米开外的公路桥梁，这是预定了的，他们一定是从公路上过桥的日本兵最初发现的第一批敌手，骄纵的日本兵在这里最初发现的第一批敌手便是他们。

十五个战斗兵依托着小河边的潮湿而发松的泥土，沉毅地发出了猛烈的排枪，枪声震撼了四周的原野，仿佛有一阵暴烈的狂风在这里吹过，空间里久久不歇地起着剧烈的骚动。这里相隔约有千分之一秒钟的静默，这是一个痛苦的令人颤抖的时间，在这千分之一秒的时间中，十五个，这最初把身躯投入战斗的勇士们，必须写完这个惨淡的课题：他们必须把自己从胆怯与柔弱中救出，一再地使自己的惶惑的灵魂得到坚定，从而站牢着脚跟，在胸腔里燃烧起炎热的战斗的烈火，用狮子一样的狞恶可怖的面目去注视当前的敌人……

水门汀的灰白色的桥梁像一只发怒的野兽似的抖动那庞大的身躯，仿佛在那上面发出了一重浓雾，那抖动的桥梁在倏忽之间完全模糊了自己的影子。排列在公路上的日本兵的整齐的队伍像一列美丽、奢侈的玩偶，他们在那神秘的千分之一秒的时间中丝毫不能使自己的队形有所变动，只听见一声声的狂叫的粗犷的声音从那怪异的队伍中发出，而埋伏的中国军正也在这里把握到非常充分的战斗的余裕。

有二十七个中国军用猛烈的火力做着前导，从一个稀疏的树林里闪出了他们的蓝灰色的姿影，他们在战斗中完全舍绝了所有一切的掩蔽，一个个走过那青绿色的田圃，把自己的蓝灰色的影子完全显露。在那灰暗的晚色中可以清楚地瞧见。二十七个的跃进的姿影说明了这急不容缓的战斗时机，他们跃进了，他们交出了一切，把一切都给予了战斗。猛烈的枪声震荡着耳鼓，震荡着四周的静默的原野，沉重地紧压着低空。地面上突然升起了一阵阵的厚厚的尘土，这尘土几乎要把低空里的一切全都掩蔽。

有三个年少的中国军从村子的背面走上了村子与公路之间的高高的土墩，他们急激地放射了排枪，这暴烈的战斗场面叫他们如梦初醒似的发出了惊愕，他们用全身的力量去凝视当前的劲敌，却似乎还不能够把射击的目标把握得更准些。

二十七个的跃进的姿影说明了这急不容缓的战斗时机……他们跟随着夜阴的来临而模糊了光辉焕发的面目，他们对敌人的攻击有如雷电的迅急，而他们这时候所战取的却仅仅是从田圃到公路间的三十米远的行程……

在村子西侧的一间小屋子的门口，林青史碰见了高峰和八个带匣子枪的战斗兵：

"上屋顶！……上屋顶！……"林青史厉声地这样叫，严峻的目光在高峰的惨淡的面孔上碰出了火焰。

由两个兵士的肩膀作为扶梯，第一个兵士攀登上去了。

于是第二个。第三个。

高峰的受伤的左手剧烈地发出颤抖，他频频地向着林青史点头，一如恍然地有所领悟，对于自己身受的巨重的任务毫无异言。他是攀登上去的第四个，他的矫捷和机警使林青史暗暗地发出惊愕。在狂噪的枪声中可以清楚地听见，高峰，那恢复了战斗力的勇敢的战士，用非常洪亮的声音这样叫：

"上！——上！——还要高些，要爬上屋顶的脊梁！望得见么？敌人在那里望得见么？放！猛烈地放！……"

敌人的猛烈的火力集注在这屋顶的上面，机关枪的子弹依据着纵横交错的线在屋顶上往来驰骤，破碎的飞舞的瓦片发出巨兽一样的凶恶的叫鸣。

于是有三个战斗兵在同一个时候中从屋顶上滚下了，残破的屋顶在敌火的攻击之下簸颠得仿佛要从地面上升起，敌人的机关枪的子弹有时候集中倾注在屋角上，屋角崩陷了，石灰的浓烈的气味和血腥混合，构成了一种沉重难闻的气体。

当战斗结束下来的时候，林青史像一匹疲累的马似的垂下头来，高耸着肩膀，脚胫变得有点跛，上身在空间里剧烈地做着抖动，他默默地走出了村子的东边，和他的部下相见的时候，把高举着的手轻轻地稍微摆动了一摆动，仿佛有意地要对他的部下实行躲闪，至少他这时候不高兴和他的部下交谈，一和他的部下碰头的时候总是匆匆地从这边跑到那边去。

从这公路上开过的日本兵至少有一个营以上的兵力，这里有七个步兵的野战排，一个附属的通讯分队，七个野战排除了一小部分给逃脱了之外，其余的和那附属的通讯分队在中国军的袭击之下完全歼灭了。桥以南一里多的公路上以及公路的两边堆满了尸体，被击倒下来的马匹，枪械，弹药，通信器材。中国军冷落地从激烈的战斗中突然走进了这个悲惨，可怕的地区，像行动在旷野上的狼群似的，显得寂寞，疏散而松懈，然而野蛮地做着贪婪的追寻。

细雨好像浓雾，天上的云层染着淡黑色。炮声在人们的晕蒙的耳朵里成为沉重而喑哑。靠着一条小河流的岸边，有着一个很小的古旧、破落的市镇。小河流从南到北，黑的烂泥，黑的污水，像一条骨污肉落的死蛇似的静静地躺着，无限制地发散着令人窒息的奇臭。巨重的炸弹落在一层桥梁的上面，桥梁翻倒下去了，不知从哪里来的一堆新的泥土，像山丘似的填满了小河流，靠近着桥梁的碎石筑成的街道——这小市镇唯一的街道裂开了很宽的缝隙，而令人触目惊心的是，用这道缝隙作界线，靠近着小河流的这一边的地面和房子全部落陷下去了，这里一连有八座房子在炸弹的可怖的威力之下变成了断壁碎瓦。从这里向东走不到十五米远，有一匹马和五个兵士的腐烂的尸体在横陈着……

"饿得很呵！"一个黑面孔的兵士这样叫，他坐在一个很大的木制的车轮上，一只手用力地捂着深深地凹陷着的肚皮。

在他的左边站立着的是一个瘦小的湖南人，他的军帽子低低地压着额头，一副沉郁的面孔总是过分向上仰，他把身上背着的一支日本的十一年式的手提机关枪搁在脚边，默默地对那黑面孔的兵士点了点头。

队伍暂时地在这死的市镇里歇息下来，他们带来了胜利，带来了疲困和饥饿。他们散乱地在街上躺下了，疲困和饥饿给予了他们不能忍耐的严重的折磨……

细雨逐渐加大了，兵士们有一半躺倒在烂泥上面，许多人失去了草鞋，失去了袜子。

"饿得很呵！"

"这里一点水也没有！"

"同志们，我们得转回嘉定去，我们在这里兜圈子有什么用呢？"

"不，嘉定太远了，到南翔去吧，到南翔去要近得多！"

"喂，你们在日本兵的身上捡到酒么？"

一提到这个，人们哈哈地笑起来了。

"是呵，我捡到了一瓶威士忌。"

"不要互相瞒骗吧！还有面包和火腿……"

于是有人在"面包"和"火腿"这香喷喷的名词下本能地伸

出了乞讨的手。

"分点来吧！分点来吧！"

"都吃下了……"

"那么再不准叫饿了！"

"同志们，一样的，吃了也是一样的……"

这时候，有两个兵士抬过了高峰的尸体，他在这次的战斗中受了重伤，在路上死去了。在他们的后面，有林青史，特务长，还有八个战斗兵，那光荣的牺牲者的同志和友人们，在背后跟随着。林青史挥着臂膊，他低声地这样叫：

"同志们，都起来吧！立正吧！……要的，要立正的。……"

兵士们踉跄地从地上爬起来，新的漂亮的武器抛掷在地上，松解了的弹药带像蛇似的胡乱地在腰背上悬挂着，有的一只手拉着解脱了的绷腿，仿佛在峻险的山岭上爬行似的佝偻着身子。血的气味重重地压迫着他们，使他们不敢对那英勇的战士的尸体作仰视。

于是人类进入了一个庄严而宁静的世界，他们的灵魂和肉体都静默下来，赤裸裸地浸浴在一种凛肃的气氛里面，摒除了平日的偏私，邪欲，不可告人的意念，好像说：

"同志，在你的身边，我们把自己交出了，看呵，就这样，赤裸裸地！"

两个兵士稳定地，慢慢地走着，屏着气息，仿佛注意着已死的斗士的灵魂和他的遗骸的结合点，不要使他受了惊动，要和原来一样的，保存他的一个意念，一个动作，一个姿势……

残酷的战神夺去了英勇的斗士的身躯。他是这么年轻，他默默地躺在那用竹椅做成的担架床上，血的头发，血的耳朵，血的鼻子，未死的战士们会永远熟悉他的相貌，永远熟悉他存于胸臆间的灵魂和意志。

两边的兵士都低下头来，两个兵士越发变得迟钝起来，沉重的尸体在自造的担架床上剧烈地抖动着。然而一切都更加静默了，凛然地站立着的弟兄们仿佛一致地对他们的斗士的灵魂做着最亲挚的问讯。

"同志，安息吧！安息在我们的心中，只要你能够获得一点安慰，凡是你所需要的我们都无条件地交给你！在这残酷的战斗中我们要锻炼出钢般坚硬的肩背，用这肩背来荷载你以及所有的战死者们的骸骼！……"

猛烈的炮声震击着上空，苏州河以北的地区始终不曾停止过战斗。可怕的变动又开始了。三十七架的日本飞机，带着震撼一切的威武掠过了上空，在北面相距约两公里外的地区，施行了疯狂的爆炸，在溟濛的天色中可以清楚地望见，三十七架的日本飞机在北面相距约两公里外的地区的上空，像春天的燕子，非常活跃地在舞动那黑灰色的影子，巨量的炸弹的爆炸声和炮声混在一道，构成了一种巨大的惊人的音响，四周的田野间有无数的老百姓像打破了巢穴的蚂蚁似的在奔窜……

二十分钟之后，一切的情况都清楚地判明了。

林青史非常静穆地喃喃地说：

"如果奋勇地再干一次……怎么样呢？"

弟兄们非常吃力地在听取着，一个个像神经麻木的老头子似的十分地不容易领悟，但是他们的态度是忠诚的，恳切的，对于林青史的话他们几乎用了整个的灵魂去接受。

林青史于是下了急行进的命令，他告诉所有的弟兄们，现在唯一的目的是如何迅速地去接近正在和友军战斗中的敌人。

如果中途遇到了空袭呢？

如果中途遇到了敌人的截击呢？

是的，这些都是可虑的，但是，还是迅速地行进吧！迅速地行进……迅速地……因为在这里，队伍可以忍受任何巨重的意外的损害，却绝对地不能空过这战斗的时机！

队伍成为散乱而不完整的连纵队，严重的疲困和饥饿继续折磨着每一个的灵魂和体力，他们迟钝地踏着沉重的步子，这行列有一个特征，就是，坚定，沉着，一点也不暴躁，然而这是危险的，要是再进一步，那就近乎松懈了，甚至要堕失了战斗的热炽的意图。

意外地，队伍刚刚通过了一个村子，很快地就加入了战斗。他们是不会把自己隐藏起来的，停止和掩蔽在这里都绝对地成为不可能，敌人的广大的散兵群在两边疯狂地袭击这个队伍，从四面发出的可怕的呐喊声企图着动摇他们的意志，但是他们只是来一个彻底的不理会，他们的路线是要像一把刀似的直入敌人的阵地的脏腑，这个路线绝不为了其他的突发事件而改变分毫。他们于是造成了一个战斗的险境，并且把自己驱入于这个战斗的险境里面，敌人的四方八面的攻击使他们陷进了绝望的重围。从最初起，战斗就走上了肉搏的阶段，他们一个个挨近着身子，清楚地目击着彼此所遭受的运命……

在一幅长满着扁柏的坟地上，五个中国军占据了一个优良的据点，他们的步枪发射了非常单薄的火力，却非常准确地使每一颗子弹都能够击倒一个敌人。有三架机关枪在一座高拱的桥梁上以十五米远的短距离对准那坟地射击，扁柏的扁叶子纷纷地断成了碎片，像蝗虫似的在空中做着飞舞。但是一瞬的时间过后，那三架机关枪立即黯然地停止了呼吸——这里有三个中国军在对那桥梁施行威猛的逆袭，他们所用的是手榴弹，三架机关枪唱出的颤动的调子在手榴弹的爆炸声中突然中断，桥梁上的八个日本兵有五个倒下了，继着是用白刃战来完结了其余三个的可悲的运命。从这里向南望，近在二十米远外，从西到东，流着一条很小的小河流，灯芯草和水莲的焦红色的残躯掩盖了流水，小河流的彼岸是一列新建的白墙壁的小屋子，有一排左右的中国军沿着那白墙壁的脚下做着跃进；另外，在那一列小屋子的背面，又有一排的中国军，用一幅棉田做着掩护，向着同一的方向在寻觅他们的对手。他们的样子看来大概都差不多，弯着腰，曲着两股，上身过分地突向前面，没有绷得很紧的弹药带和干粮袋在凹陷着的肚皮下剧烈地做着抖动，疲困和饥饿又阻挠着他们的行进，有的身上带了两杆枪，还有别的战利品，那么在这样的行程中他们只好显得更加没有把握，简直随时随地都有被击倒下来，或者像一块大石块似的晕蒙地撞进河滨里去的可能……

于是战士们的眼前映出了一幅巨大的，美丽而庄严的画景，在一个沿着水池的岸边长起来的竹林下，散乱地摆列着七尊敌人的被炸毁了的重炮，这是一个惊人的跃眼的发现，跃进的中国军不能不呆住了。这里只有一堆堆横陈着的敌军的死尸，能够留存了性命的敌军都逃去了，能够坚定地继续作战的炮兵一个也没有，中国军非常惊愕地否认这个突发的意外的情景，他们几乎要停歇下来，向着所有败走的敌军退还这个偶然的胜利。

这次和敌人正面作战的是×××师三十六团。当战斗结束之后，林青史带回了他们残存的队伍，下午七点钟光景，在陆家池找到了三十六团的团部。

三十六团的团长，一个高大壮健的云南人，他对林青史这样说：

"你们这一次打得好极了。但是你知道么，这一次的胜利对于我们整个阵线可以说毫无意义，我们要撤退了，我们是一个掩护撤退的队伍，任务是无论在胜利或失败的局面下都必须把它完成的……"

无敌三勇士

刘白羽

【关于作家】

刘白羽（1916—2005），山东潍坊人，出生于北京通州，现当代散文家、小说家。1938 年春，奔赴革命圣地延安，并加入中国共产党；5 月参加文艺工作团，辗转于华北各抗日根据地，受到战火的锻炼。1939 年到太行山，受组织委派着手写《朱德将军传》；1940 年回到延安。这期间创作了不少反映抗战生活、歌颂抗日军民的作品。其代表作有散文《长江三日》《日出》，短篇小说《无敌三勇士》《政治委员》，散文集《红玛瑙集》《海天集》《秋阳集》等。长篇小说《第二个太阳》获 1991 年茅盾文学奖，长篇回忆录《心灵的历程》获 1995 年优秀传记文学奖。

【关于作品】

《无敌三勇士》写于 1948 年 2 月。作品讲述了三个革命战士通过相互"诉苦"而实现团结的故事。解放区的翻身战士、战斗英雄阎成福，提前离开医院回到模范班，受到战士们的热烈欢迎，绰号"老油条"的老战士却很不服气，两人遂产生隔阂；受旧意识影响较深的战士赵小义从中挑拨，使两人关系更加恶化。不久，部队开展"两忆三查"活动，三人在活动中深刻认识到彼此是阶级兄弟，加深了感情。在战场上三人生死团结、英勇作战，成为"无敌三勇士"。小说语言质朴，描写生动，展示了战争时期战士们生活的真实面貌和实际交往，使读者读后觉得亲切可爱，从战争之外的角度加深了对战士们的了解，明白了他们的所思所想。同时，小说也阐明了战斗中团结一致、互帮互助的重要性。

一、一场不团结怎样闹开头

有些人把我们当战士的想得太简单了。

以为我们就是打打仗，睡睡觉，实际上不是那么一回事。

我们在连队，就像在家里一样，不同的是这个家一会儿在战壕里，一会儿在老百姓干草堆上，一家子有一家子的和美，一家子也有一家子的家务事。

不要讲旁的地方，现在就讲讲我们班里吧。

前些时候就发生过这样一件事，我们欢迎一个战士归队，这不是一桩喜事吗？结果却闹了一场不团结。

我们欢迎的是个战斗英雄，伤没好利索就跑回前方来了，我们觉得这是真正值得欢迎的战士。晚上，全班围坐炕上。他一路担心赶不上队伍，这会儿一下子给大伙围着，那高兴劲还能提吗？他指手画脚，津津有味，说他一路坐火车来，如何如何帮翻身农民抓地主，不断引起大家哄笑。我们大家就你一言我一语说连队上的事，末了，一个同志说："你走了，我们可想你，这些日子，你的英雄事迹在团里到处传，到处讲，可吃得开了，团首长还号召大家学你呢！说你是孤胆英雄。"这样双方正在十分高兴，谁料突然之间插进一个战士来，他多了也没有，只讲了一句话，由此就闹开了不团结。

二、阎成福

阎成福是这个故事里的主角，也就是上面已经介绍过了的战斗英雄。

阎成福家底子怎么样，那时咱不知道，可是一看就是穷朋友出身，平时在班上有个二虎劲，打起仗更是虎儿吧唧，勇敢得很。

这次作战负伤，在医院床上磨屁股磨腻了，回了一趟家，看了看翻身光景，身上有衣，槽上有马，门外有地，心中真是说不出的愉快。晚上农会小组欢迎这前线回来的战士，他干脆讲："告诉你们，你们心里有底，仗是打好了，没问题，我回来瞧瞧你们斗封建斗得彻底，我心里也有底，往后，请好吧，我在前方绝不会丢拉拉屯的脸。"天没亮，再找就不见了。阎成福回到医院，往病房里一个一个看了看战友们，就往前线来了。

再说他不在队上的时候，大家都宣传他的英雄事迹，一个传两个，两个传三个，愈传愈广，那简直就跟神话一样了。要论实际情况，也确实有个讲劲。那天我们跟敌人打了个遭遇战，阎成福在火线上，一个人突击前进，一下子跟部队失了联络。敌人机枪、六〇炮打得到处喷烟冒火，他妈的，我们合计阎成福算是革命成功——完了。连长气得"飞飞"的，瞪着两只红眼珠子，带着部队突。你猜后来怎么样？在最紧急的时候，敌人内部忽然乱了，敌人一松劲，我们可就通上去了。原来阎成福三摸两摸，不知怎样摸到敌人临时指挥所里去了，我们一攻，他就丢了个手榴弹，敌人自然乱了，这会儿他就拿枪押着一个肥头大耳的俘虏下来，说还是个"团级干部"呢！阎成福直嚷说刚才就是这家伙在指挥队伍。这地方一拿下来，我们立刻向纵深发展。一会儿工夫，阎成福又上来了，还一面喊："我，阎成福又上来了！"大家一听，十分高兴，那时我们班又担任了突击任务，正在紧急情况，不久他就受了伤，昏迷不醒。连长叫我们背他下火线，到那边树林子里交给了担架队。

三、老油条

老油条是我们给李发和起的外号，叫来叫去，大家就好像忘了他真姓名，连指导员有时也亲热地这样叫他。

老油条是个老战士，也有人管他叫"老不进步"，他也不十分在意。

"八一五"以后参军，跟他一齐的都有当排级干部的了，他还是个战士。他倒还自在逍遥，别人问他，他温吞地笑笑：

"我自在，我省心。"

这人就是自由主义，吊儿郎当，大纪律不犯，小纪律不断。可是当兵一当三四年，打仗总打了百十回吧，身上一根汗毛也没碰断，不用说他有一手狠的，就是打仗到节骨眼上，他有办法——动作快，猛，能出点子。可是政治不开展，生活纪律坏，一个牌牌也挂不到他头上。

现在，让我们拉回头来讲吧。那晚，欢迎阎成福的时候，就是他，冷丁子说了一句话。本来他一直在旁边卷黄烟吧嗒吧嗒，当人们那样称赞阎成福的时候，他忽然推开别人伸过脑袋说：

"我瞧你那英雄牌是碰上的。"

这话一说，把阎成福说炸了，马上把脸一虎问："你说怎么碰的？"

老油条慢腾腾望他一眼："我大小仗总经过百八次了，浑身上下没给枪子打过一个眼，这才是真功夫，你英雄倒英雄，战场动作可还不大入门。"

这瓢冷水一泼，大家也扫兴，班长说天不早了吹灯睡觉，从此阎成福跟老油条就谁也不理谁了。

四、赵小义

这纠纷若就在阎成福跟老油条身上展开，也还简单，现在又横着加上了个赵小义。

赵小义是解放过来的战士，才十九岁。夏季攻势解放过来，说他岁数小，中毒不深，就没往后方送，立刻补充了。赵小义表面上活泼、单纯，肚子里可有鬼。讨论会上他从不发言，他是瞪眼瞧，他想：两虎相斗，必有一伤，将来看谁占上风，咱就往谁那边靠。因此在连里，他抱定宗旨：不积极，也不落后。他处处爱挑眼，一点小毛病，就骂："什么优待，优待，那都是鬼吹灯——瞎话。"五班是模范班，班长抓得也紧，可是石头虽硬，也还有个缝儿，赵小义待久了，自由主义这一点，自然就跟老油条十分靠近起来。那天晚上，老油条跟阎成福闹了个满脸花，他就暗暗同情老油条，他听阎成福什么翻身呀，抓地主呀，英雄呀，心里就不十分得劲，第二天便跟老油条拉近乎，可是老油条有老油条的原则，跟小赵对抽一袋两袋黄烟还可以，至于谈谈感情话，那犯不上，他想：我是关里来的，你是俘虏来的。小赵感情上得不到安慰，于是又转回头找阎成福，在阎成福跟前就放一把火，说："老油条说了：'阎成福算啥，下次打仗瞧吧！'"讲与阎成福有关系的话，阎成福自然听下心去，从此与老油条关系更加恶劣，一见面，就向后转。

可是一讲到小赵自己心事，阎成福就不来了，这怎说呢？

阎成福觉得：我是解放区翻身战士，你是蒋占区的俘虏兵。他这种优越感可就给小赵来了个大扫兴，小赵情绪从此十二分低落。

这样一来，四五天工夫，模范班就变成不模范班了。

五、急坏了班长李占虎

在纠纷发展过程中，可是急坏了班长李占虎，他一手创造的模范班，眼看就垮了台，他怎能不急呢？

李占虎是个好班长，班上有什么困难都是他先承受。你要知道领导一个班不是一件容易事，十个人十条心，要把十条心变成一条心，才谈得上领导。李占虎从来不对战士们吹胡子瞪眼，他是关里来的老战士，耐心说服教育，真让人挑大拇指头。自从班里发生不团结现象，在行军作战中，就遭遇了十二分困难：这三个人彼此不谈话，让他们挨着班站岗吧，谁也不跟谁交代任务；让他们在一块吃饭吧，阎成福朝东，李发和就朝西，永远脊梁望脊梁；让他们睡在炕上吧，李发和睡下，阎成福就吭一声抱起背包睡到地下去了。这天，李占虎一个个找他们谈话，先跟阎成福谈，谈了半天，阎成福说："我为人民服务，我可不受谁气，有种没种反正火线上见吧。"站起来走了。

再找李发和，李发和一面抽烟一面听，听班长话说干净了，他说：

"我反正是为人民服务到底，没问题。"

班长又找赵小义，小赵末了说：

"咳，班长，从前我不明白，解放过来，现在可接受教育啦，我为人民服务，还说啥呢？"

闹了半天，原来三个人还都是"为人民服务"，班长一肚子热情换了一肚子苦恼，自语道："这三个家伙好像商量好啦！"他真是一点办法也没有了，哭哭不得，笑笑不成。

这时，恰好团上领导进行诉苦运动，有些兄弟连队，已经展开，诉苦诉得大家哭哭啼啼。从前五班是个团结友爱模范班，指导员就打算把五班当个对象，花了几天时间来推动诉苦。谁知一深入了解，指导员直摇头，这一来李占虎急得眼泪都出来了，一把拉着指导员说："指导员，五班还是有希望，你给三天期限吧！"期限讨下来，班长想：怎么办呢？！他下决心来个"围歼战术"吧，他一下子把三个人找在一起，几句话把他们不团结的事挑开啦。哪里知道，三个人在他面前异口同声说："没啥，班长。"班长一听倒乐了，于是把五班要争取模范谈了一番。谁知第二天一看，三个人是原封不动，谁也不理谁，这一下子班长可急了，气得背着全班人狠狠哭了一阵。第二天进入战斗，忙着准备战斗就过去了。至于团结，还是没一点进步。

六、一块骨头

第三天打了一仗，天阴落雨，打完仗，李占虎带着全班走下战场，经过一片乱葬岗子，他低着头发现地下有一块骨头。

他停着脚步，弯身取起骨头看着。班里同志都奇怪地望着他，他可提出问题了：

"你们说这是什么人的骨头呀？"

大家站在雨地里纷纷讨论开了，一边说是穷人，一边说是富人，末了，李占虎张嘴说话了：

"我看这是穷人骨头，地主富农有钱人，死了有棺材有坟，怎么也不会乱丢在这里；穷人活着没饭吃，死了也没地方安葬，给风吹雨打，还不是东一块西一块，到处乱丢，穷人有谁管呢？"

回到宿营地，战士们忙着铺草烧水，李占虎瞧了瞧，只有阎成福、李发和、赵小义没有在，一直到吃饭时也没见这三人。他就往屋里跑，原来小赵回来就一头扎在炕上没起来，班长以为还是跟老油条跟阎成福闹别扭，就安慰他："唉，小赵，人就是这样，在一道怨一道，不在一道想也来不及了，起来吧！"就爬到炕上搬小赵肩膀，谁知小赵一翻身，呜的一声扑在班长怀里大哭起来。

哭了一阵，小赵跟班长讲了一段故事，两个人连说的带听的都哭起来了。

班长立刻跑到连部去，一五一十报告给指导员，指导员也听得十分难过，嘱咐他回去，好好照顾小赵。李占虎就顺路把自己三百元津贴掏出买了几个鸡蛋，带回去给小赵煮着吃，小赵一端碗就哭得呜呜的，究竟小赵说些什么，班长听些什么，还不到宣布的时候，这里就暂且不讲了。

七、再说阎成福跟老油条

阎成福心里难过，想找个清静地方待一会儿，就往后院粮囤那块走去。老油条却低着头，也往这个地方走来。要不是听到脚步声，两人险些儿鼻子碰了鼻子。阎成福一仰头瞧见老油条，老油条一仰头也瞧见阎成福，好像谁叫了一声"向后转"，各自扭过头就气呼呼走开了。

转来转去，阎成福就转出村子。

老油条卷了一根烟抽着，低着头，找没人地方，顺着墙边溜。

阎成福从那边走过林子，老油条从这边走过林子；阎成福从那边到了河边，老油条从这边转到河边，一下又碰上了。

阎成福火了，心里直骂娘，要不是不能先跟老油条讲话，他非骂他一顿不可。

正在这时，班长寻来了，一下，一手挽着一个拉了回去。

回去，两个人谁也不肯吃饭就睡了。

八、晚上点着一盏灯

晚上点着一盏灯。班长在炕沿下检查了每人的鞋子，从中挑出两双破烂了的鞋，然后班长在脖膝盖上搓了根麻绳，就补起鞋来。补着补着，小赵起来了，争着要补鞋，班长不准他动手，笑嘻嘻安慰他："你好好睡，你不舒服，天亮说不定还打仗呢！"一会儿阎成福扑棱一下坐起来，把班长吓了一跳，阎成福伸手夺鞋子，班长不但不给还劝说他："你颜色不正，不舒服，日后怕没你干的，睡吧！"阎成福怔怔呆了一阵躺下了。忽然窸窸窣窣一阵响，李发和又起来了，他悄悄说："你睡，我补。"班长笑了说："要是往常，你不动手我还叫你帮忙，今天你不舒服，休息吧！"可是一下子全班都起来了，原来谁也没睡着，起来你看看我我看看你，小赵一下子呜地哭了，他哭着哭着把那天讲给班长听的故事，又说了出来：

"我爹放猪，丢了猪，挨地主打，气死了，爹还没埋，我就给国民党抓兵抓来啦！

"我哭我闹，他们皮鞭子蘸凉水，打得我死去活来，我说我就是死也要再瞧爹一眼，国民党说：'你爹死了顶多臭一块地，还瞧啥。'到现在两年了，我爹没人埋，也没地方埋，风吹雨打，还不是东一条胳膊西一条腿……"他说不完就哇哇哭起来。

这一来阎成福一下扑上去抱着小赵说：

"我对不起你，小赵，我从前看不起你们是蒋占区的，我不知道你也是穷人，也是苦人。"

阎成福不说则已，一说就止不住泪水长流，他也诉了自己的苦：

"你给地主害死爹，我给地主害死娘，我十八岁，爹抓了劳工，娘给地主下毒药药死，哥哥给地主拿钉耙打死。我偷偷看见了，没等找我，我拼命跑出来，我跑到辽河边，我望着那条河，真想一头扎下去算了，我又想，爹不知死活，阎家就我这一条根，留下这条根早晚好报仇，死了，地主更称心。从那往后，我要饭就要了一年整呀！夏天苞米地里搬苞米，冬天看人家熄了火，偷偷爬到猪窝里困觉……"这时全班人，除了李发和都呜呜哭了，平时讲团结谈友爱，可是还没这阵大家以苦见苦，大家真的是亲人了。小赵望着阎成福，阎成福望着小赵。阎成福说：

"听了你的话，我知道穷人到处一样受苦。"

小赵说："你说得对，听了你的话，我才知道共产党八路军真是穷人帮穷人，我前些天心窍不开，我对不起革命也对不起自己。"

班长李占虎说："诉吧，有苦不诉给自己人听，诉给谁听。"

日头落了夜黑天，这世界上有多少人睡得甜甜蜜蜜，有多少人想着自己的苦，一滴血跟着一滴泪往下流呀。一个诉完一个诉，五班里这一夜苦水就倒不完，这一盏灯也就一直点到天蒙蒙亮。

九、李发和怎么办？

李发和心事沉重只是不开口。这一夜晚他坐在旁边，可是他没吭气。他思前想后，愈想愈恨自己，别人是苦也苦得痛快，他自己心头就像磨了茧子。他狠狠问自己："人家是穷人，难道自己是富人吗？！"他想起年轻在家乡，欢喜扭秧歌唱大戏，地主就利用他出名的浪当，三下五除二，把他的家当弄了个干净，临走连条遮羞的裤子也没落着，给赶出村，丢下女人在村子里，这几年不走道也苦死了。从那以后，李发和只有自甘堕落，连报仇的火辣劲儿也没了，要不是碰上八路军、共产党，这一辈子也就算完蛋了。可是当战士两年多，想起来真对不起革命，对不起上级，也对不起自己。从那晚以后，虽然没说一句话，可是暗中下了决心："黄连苦我比黄连还苦，再不下决心还等什么时候呢！"这时他想到指导员，那是老上级，从没错说过自己一句话；想到班长，那是老战友，事事让自己；想到小赵，那一样是个苦命孩子；想到阎成福——他真想跟阎成福去拉拉手说合了吧，可是话到嘴边，又想："好坏不在一时，瞧着吧！"

十、火线上生死抱团结

隔了没几天，部队又投入了战争。火线上打得红光一片的时候，这个连队加入作战了。原来四班是突击班，谁知十五分钟工夫就把建制打乱了。这时一道命令下来，五班赶紧顶上去。李占虎两眼瞪得溜圆，捏着两只拳头说："同志们！别忘了咱们前天晚上诉的苦，别忘了小赵的苦，别忘了阎成福的苦，给父母兄弟姊妹报仇的时候到了！"他们像十支火箭蹿向战场。

指导员爬过来，亲自看看五班，李占虎说："首长给任务吧，五班的仇能不报吗!?"阎成福参加了爆破组，担负了炸开突破口的任务，他抱着包炸药上去了，全班爬在地下望他——眼看着跑上去了，还有几十步，一个倒栽葱跌倒了。李占虎还没说话，小赵从他身边箭头子一样跑上去了，小赵离阎成福两步远，一下又摔倒下去了，他还挣扎着爬，敌人火力拼命封锁，他不能动弹了。这全部时间里，李发和一样样都看在眼内。这时，前面火力交织着，简直子弹碰子弹，打成一片了。他突然对班长说："这任务交给我，给我一支冲锋枪，我要救下他两人，完不成任务不回来。"在敌人拼命集中火力的情况下，按道理是不能再冒险往上"送菜"了，因此全班眼光跟着李发和，李发和一会儿忽然卧倒，一会儿忽然疾奔，全班这时紧张得喘不过气来了，李发和终于跑到阎成福旁边趴下来，李占虎才举手把眉毛上汗珠擦下去，继续望着。这时候，他们三人，上，上不去，下，下不来，就像子弹卡了壳。阎成福肩膀上负了伤，血直往外涌，炸药还紧紧抱在怀里，他俩默默望了一下，千言万语，都在这一望之下弄清楚了，李发和把阎成福抱到一片洼地问："怎么样？"阎成福一咬牙："说啥也只能向前不能退后。"这时李发和又爬到小赵跟前，小赵大腿负伤，血流了一地，他把小赵抱到一旁问："怎么样？"答："腿坏了。""还能打枪吧？""能。""那么你从这里打，我从那里打，咱们掩护阎成福，死也叫老阎完成任务，好不好？"小赵点了头，李发和身上沾满鲜血又顺着死尸爬过去。这时候，双方炮弹、机枪集中猛烈地对射起来，每一寸土地都烧着火，小赵头发烧焦了，李发和裤子上直冒烟。这时班上见他们不动，李占虎难过地当他们三个人一道英勇牺牲了，预备再组织爆破。突然前面枪响了，李发和的冲锋枪叫啦，小赵咬着牙也打起来，只见阎成福浑身是血一下爬起来跑上去了，一转眼，哗的一下闪光，紧跟着轰然一声巨响，碉堡崩炸了，卷起一阵黑烟直上天空。这时我们阵地上忽然响起一片鼓掌声音。突破口打开了，部队在一片喊杀声里冲进去了。

十一、奖章做总结

打了胜仗，敌人一个师被歼灭得干干净净，光五班就抓到五十八个俘虏。不久，就开了庆功会。指导员叫我们好好组织个音乐队，结果请来三位老乡，加上四个同志，吹喇叭，打腰鼓，拉二胡，锣鼓喧天地响成一片。

现在专讲阎成福、李发和、赵小义，三个人肩并肩站在队前，指导员介绍他们是"无敌三勇士"，然后走到他们跟前，一个个把奖章给他们戴到胸脯上，红奖章一闪一闪地发光。

阎成福看了一眼李发和，李发和又看了一眼赵小义，大家这时噼噼啪啪鼓起一片掌声。到做典型报告时，三个人异口同声说："这是班长领导的。"

李占虎站起来说："我们是穷人，我们有苦处。苦变成力量，团结起来就能天下无敌。"

女神枪手冯凤英[①]

曾克

【关于作家】

　　曾克（1917—2009），原名曾佩兰，1917 年 4 月出生于河南省太康县。1937 年考入上海大夏大学教育先修班；1938 年开始发表作品；1939 年到重庆，参加全国文艺界抗敌协会，并任教于私立复旦中学；1940 年冬奔赴延安，在延安文艺界抗敌协会从事专业创作；1949 年 9 月，在中华人民共和国成立前夕，被选为全国文联委员和全国文协理事。在战争年代，曾克曾经随军参加过多场战役，写出了优秀的军旅报告文学，如《挺进大别山》等。中华人民共和国成立后，曾克转业到地方，辗转多地，担任党和文艺行政领导工作，并创作了不少反映工农兵生活的作品。代表作有《在汤阴火线》《挺进大别山》，小说集《新人》等。

---

　　①《女神枪手冯凤英》在 1945 年《新华日报》发表时，主人公名字用的是段凤英。1946 年作者从延安到了太行，曾亲自去采访过她，这时方知在延安时听到的有关她的故事，事实无误，只是把姓弄错了。

【关于作品】

《女神枪手冯凤英》原载于 1945 年 1 月 13 日的《新华日报》。小说根据真人真事写成，描写了太行山革命根据地成长起来的神枪手冯凤英。抗日战争时期，冯凤英十五岁时就因为工作能干，被推举为区妇救会常委。1941 年春天，她组织成立自卫队，给军队和老百姓抬水送饭。最重要的是，她的射击技术非常好，各种长短枪的使用都非常熟练。她勇敢果决，在一次与敌人的战斗中，她用自己精湛的技术和沉着冷静的精神打败了敌人。她打敌人的故事，像神话一样在太行山人民中间传诵着。小说的描写简洁流畅、晓畅易懂，将神枪手的形象刻画得栩栩如生。这位女性英雄的形象，是抗日战争时期千千万万女英雄的形象的浓缩，表明了在民族危难的时期，女性同胞们同样以自己的勇敢、刚毅和坚强参加了救亡运动和反抗斗争。

刚刚过了中秋节，庄稼大部分还没有收割，情况却又紧张起来。辽县、和顺、榆社、襄垣的敌人都增了兵，在一九四二年里，他们这样的举动已经是第四次了。

武乡二区开始了积极的备战工作。大陌村的妇女自卫队也更加活跃了。队长冯凤英在村子里奔跑着。每当她涨红着扁扁的圆脸，喘着气，肩上背着三八式的日本步枪，急步从人们跟前走过时，大家都会体贴地对她说："凤英，坐下来歇歇吧！整天没见你停过脚。"

"是敌人不让歇嘛！谁不愿意安安闲闲地过日子？"她总是只

有这几句硬声硬气的话，停也不停一下，用袖子抹了一把脸上的汗，短小矫捷的身影，就像旋风一般，在人们视线内消失了。但没有谁见怪她。这时有的人说了："年景真变啦，看人家凤英个女娃娃，活顶上个男子汉。"

"八路军没来以前，还不是挂着条露屁股的破裤子满街跑，谁看见不指着脊梁骨骂，卖都顶不上个肉价钱！"

人们是不会忘记自己翻身的日子的。冯凤英新的生活，是同大陌所有受苦受难的人一样，在一九三七年才开始的。她这时已经满了十五岁。当抗日的新政权在村里一成立妇救会，她就是一个积极的会员，很快当了小组长。她和村里老老少少各种各样的妇女都能说得来，大家拥护她当主任，并选她为区妇救会的常委。一九四一年的春天，她将会员中二十岁左右的，组织成自卫队，每次敌人"扫荡"的时候，她领导着大家去给军队和隐蔽的老百姓抬水送饭，还担任警戒工作。

她刚走到一家门前，就被几个队员包围起来。由于竞赛的热情，在短短的五天时间里，她们把空室清野的重要准备工作都完成了。今天，大家又对工作提出了一些意见。冯凤英用着兴奋的语气回答说："大家都愿意这样做，咱们每天就加上一次实弹射击，有困难就想法子去解决，只要咱们有成绩，就会得到帮助。不过，工作越加劲，纪律就越要好，才能使家庭、社会更尊重和同情咱们。"

大陌妇女自卫队一向是受尊重的。在操练上，她们整齐，迅速，三分钟完成七个字的动作，得到三分区妇女民兵总检阅的冠军。最值得表扬的还是她们的精神。队员们自己制定的集体公约，人人切实地来遵守。她们自动地取消了耳环、首饰，剪短了头发，除了身上一套黑色的衣裤，头上一块白羊肚毛巾，没有过去那些红红绿绿的颜色了。上操、识字都要保证不耽误家里的事情。每天一清早，替家中做好饭才蹑脚蹑手到禾场上去操练，不惊动任何人。

带着队员们的希望，冯凤英跑到修械所里去。她像每天一样，进门就朝南墙上那个靶子打两枪。西敞棚有人招呼她了：

"没过瘾，这里还有子弹。"

"给我留着吧！我们的女同志都想多练练这玩意，子弹正是要靠你们想办法哩！"她一面说一面走到工人们跟前。工人们和她开起玩笑：

"都想当冯凤英么？第一就只有一个，有了别人还有你？"

"只有妇女队人人都能打枪才有办法。"

工人们常常帮助冯凤英解决困难，正像她热情地帮助他们缝缝补补一样。就是她的射击技术，也完全是这个修械所训练出来的。从一九三八年这个工厂在她隔壁那个逃跑的邻人家里修建以后，她就整天在里面玩枪。当她第一次接过一支"八音子"的时候，她掂了掂，没等别人来教她怎样使用，就还了回去，噘着嘴巴说："要给就给个大家伙试试，这小玩意不够劲！"

"别小看，揍着一样送他回老家。"

就在这样兴趣勃勃的环境里，这个勇敢的女孩子，经过四年多的时间，不但学会了各种长短枪的使用，和一切射击的姿势，就是所有的动作，像拉栓、推子弹、瞄准都很熟练。现在，连枪的构造、保护和修理的简单道理，她也懂得不少。因此，在三八妇女节检阅大会上，她三枪都打在十环以内，轰动了全场。

冯凤英荣获了"女神枪手"的称号，得了一支三八式的日本

枪，并在几万人的面前，参加了神枪手们打死敌人的竞赛。为着
这个愿望，她几次要求参加决死队。那支三八枪就再也离不开她
的身边了。

没有几天，敌人的九月"扫荡"开始了。他们在离大陌十八
里远的北上合，扎上了临时据点。大陌的老百姓从从容容地转移
到山里去了。修械所里除了将笨重的机器掩埋起来以外，是和平
常一样地工作着。一些零碎的东西是随时可以携带的。情况一有
变化，工人们就成了保卫村庄的基干队了。他们和村里的老百姓
紧密地结合着，民兵的枪或农具出了毛病，或缺乏了子弹，只要
到修械所里去，是没有解决不了的。老百姓们也是用生命掩护工
厂的。大家一条心地在战斗中生产，为生产而战斗。工人们誓死
也不让敌人损毁属于自己的工厂和机器。

一天早饭后，冯凤英正和工人们说闹，为着几句玩笑的话，
她鼓着嘴不讲什么了。"你不知道吗？敌人是最爱花姑娘的。你一
看见不吓酥才怪哩！"一个工人故意引逗着她。她自信地回答着：
"中国人民誓死不当俘虏。哪回非揍给你们看看。"

冯凤英的话刚一说完，村头上哨兵的信号枪响了，紧接着又
是"排子枪"声。很快，敌人的马蹄声、吼叫声杂成一片，六百
多奔袭的敌人冲进了村庄。修械所被包围了！院子里立刻架上了
机关枪，猛烈的火力向外喷射着，两颗手榴弹打退了一股朝大门
冲来的敌人，工人们突围出去了。

当工人们集中火力往外冲的时候，冯凤英却一个人爬到北面
的后墙上了，她是想在高地势上好瞄准敌人。但是转眼，院子里
空了。她没有惊慌，也没有翻墙逃走，只是抖着劲一心要揍敌人。
于是，她又跳回到院子里，隐蔽在北屋的墙后面。三个日本人走

进院子里来，显着十分胆怯的样子，互相推着往前走，他们只在院子中间转了一下，见没有什么动静，其中的两个走出去了。剩下的那一个，到西敞棚里望了望，正转身往回走，冯凤英一枪就揍在他的屁股上，倒下去了。

她探着头，见那个打伤了的日本人，挣扎着也不能动。院子周围并没有响声，她端着枪，大着胆子从墙后走出来，想到门外了一了。当冯凤英从日本人身边跑过时，他突然发现她是一个女人，便怪声地吼叫起来。冯凤英毫不迟疑地转过身来，恨恨地说："上阎王爷那吼去吧！"敌人立即失去声息了。她大模大样地也往外走，左脚刚踏上门槛，两个日本人的背影出现在她面前，像在寻找枪声的方向。她吐了一下舌头，身子一闪，就躲到一扇门后面去了。

"可不能放走这两个狗贪的。"她激动地解下头上的白毛巾，盖住了枪栓，防止子弹推上膛去的响声惊动了敌人。她刚想用手指勾枪机，突然，机智涌上心头：面前的两个敌人，如果不能一枪了事，剩下的那个是不会甘心的。她冷静地一想，从门缝里仔细地端详了一下这两个敌人的位置和方向，带着蛮有把握的表情，端着枪，手指扣动了扳机，轻轻地又溜出门去，斜立在敌人右后边了。她眼睛眯了一下，枪响了。子弹从那个站在右边的敌人的右胳膊里进去，从左腋下出来，接着她又实弹打死了另一个发觉了枪声向她的方向冲来的敌人。

两个敌人倒在地上，血浸透了黄呢制服，眼睛凶恶地瞪着冯凤英，看着身边的武器，却失掉了使用它的能力。一种新的欲望在冯凤英心里又生起了。她完全忘记了危险，伏到敌人身边去下枪，但是，两支枪不知怎样交叉在一些皮带中间，加上两个敌人顽强地抽动着，她无论如何也取不下来。她发了恨，啪啪又是两下子。随着两声枪响，三四个日本兵从一家院子里吼叫着向她扑来了，她冒着枪弹直往村外跑了。

子弹一直追着她，好几颗都从她扎得很粗的裹腿里穿过去。当她转头想揍死那个猛力追赶自己的敌人的时候，嘶的一声，她的大翻领里打进一颗子弹，她觉得烫了一下，子弹却从左肩的衣服上穿出来了。她转身就跑上一个小石崖上，很快地隐蔽起来。

不久，在石崖上，她看见西南面漫天烟尘，枪声响得很密集，她知道那一定是工人和民兵为了保卫掩埋的机器，和敌人发生了血战。她很快地从隐蔽的小路绕到敌人的后面，伏在一个小土坡下头。这时，六七十个工人和民兵，与敌人搏斗得非常剧烈，七八个女同志也参了战，她激动得按捺不住了，就拨动了扳机。敌人被后面突然响起的枪声震惊了。冯凤英心里一动，趁着这个情形，就开始了不停的射击！一个日本人被她打倒了！

"八路包围的有！"敌人阵容混乱起来，加上正面工人和民兵更猛力的冲击，敌人就从两侧狼狈地退走了。

一片极微小的擦伤，换了四个敌人。这第一次的战绩使冯凤英要求参战的情绪更高了。于是，在九月反"扫荡"中，她随同工人基干队，整整打了四十天的游击。她的打敌人的故事，像神话一般在太行人民中间传诵着。敌人以高价悬赏，妄想逮捕这个在抗日民主根据地——太行山里成长起来的女神枪手。

爱

曾克

【关于作品】

　　《爱》写作于 1946 年 9 月，原载于《文艺杂志》1946 年 11 月 1 日第二卷第三期。这是解放区文学中非常优秀的短篇小说。小说以第一人称的视角，讲述了"我"完成了艰辛的旅程来到了八路军西安办事处，认识了一位五十多岁的老头老程，得知老头带着革命烈士的两个后代——一个不到三岁的小三，还有一个十二岁的女孩石男。"我"见证了这两个孩子的苦难命运：他们的父母被日本鬼子杀死，成了孤儿，却无法掩盖他们的可爱、懂事、倔强、有志气，老程对这两个孩子犹如血肉相连般地关爱。小说最后，这两个孩子被送到了延安的保育院和保小，得到了良好的照顾。整篇小说温馨感人，体现了革命战争年代解放区人与人之间情感的紧密联系和互相关爱之情。小说以女性的视角来写孩童，也让读者更深地了解到战争年代革命儿童的成长故事。小说的细节描写、语言描写等都非常生动，让读者感受到温暖和力量。

一九四〇年冬天的一个黑夜，我完成了一段艰险的旅程，来到八路军西安办事处。好像从一块重压的铅板下挣脱出来，我的精神感到说不出的松快。这夜，疲倦被兴奋驱逐得没有影踪了。我不能很快就睡下去，总想这里走走，那里看看。风箱在隔壁"呼隆隆"地响。我走进厨房，一个五十多岁的老头子，坐在锅灶前一堆干柴上，在使劲地拉动着风箱。火光把他的一张又宽又短的满刻着皱纹的方脸，映照得红红的。一盏烛光很小的电灯，被炉火的红焰一照，也显得分外微弱了。他一听见我走进门去的脚步声，便停住胳膊，抬起头来嘻哈哈地说：

"同志，你就是刚才来的吧？坐下歇歇吧，锅里水快滚啦，喝些水，洗洗脚，暖和暖和早些歇息吧！"

他原来是在忙着接待我们这些新来的人，我赶忙回答说：

"老同志，谢谢你，天不早了，还这样劳累你！"

"说啥劳累呢，这是我的工作责任。你们风里雪里来，咱们这个家，好赖不会让大家再受饥寒。"

他的简单的话，却和我当时的感觉一模一样。我完全忘记冬夜的寒冷了。几个钟头以来，这个院子里的每个人给我的接待和慰问，和这个老同志的热切丝毫没有区别。我得到这些父母兄弟般的爱的温暖，像已经到达了那理想的家——延安。我在厨房里站住了。老伙夫一次又一次地让我坐近他，让我靠到炉灶边来取暖。于是，我和他并肩坐在一块干柴上了。他一面拉着风箱，一面回答着我向他询问的很多话。当他告诉我说，他是从太行山前线上过来，也在等车往延安去的时候，他突然扭转身，指着墙角里的一张床，床上一堆时时蠕动的被子，对我说：

"送两个革命的后代，两个没有娘的孩子到延安。我还想再返回前方呀！就看组织上是不是嫌我老，前方需不需要我。啥工作都行，我一到这就帮助做起饭来了……"

这个初相识的老伙夫，引起我很大的爱慕和崇敬。我和他毫无顾虑地闲扯起来。他不时地跑到床前，去盖着蹬掉的被子，坐回来的时候就自语般地说：

"大冷天，可不敢叫孩子着凉……"

"老程同志，"我用他告诉我的姓，亲热地称呼他了，"小孩子好大了？"

"跟我睡在这里的这个，还没有过三个生；姐姐十二啦，腿是个残废，我就越发替她操心呵……"

我们的谈话继续了很久。我不知怎样问到他院子外面的环境来了。他声音很沉重地说：

"反正最近几天就会有车把咱们送走。在咱这院子里，还能怎样？黑夜，警醒着点，白天少出去。街上常是白天见鬼，比山里的黑夜还怕呢！"

我躺在床上，一夜都想着他，想着他的一句句含意极深的话。

失眠的冬夜是特别漫长呵！我睁着眼等着天明。窗纸刚刚灰白，厨房里的风箱又是"呼隆隆"地响起来了。我披起棉袄，极其自然地又跑到厨房里去。从开着的门外，我就看见老程那被火照红的脸了，我向他招呼：

"老程同志，怎么起得这么早呵！"

"惯啦，再睡也睡不着。前方哪个人也有不睡觉的本领！"

我自动地像昨天黑夜那样，坐在他身旁了。

他的左胳膊一刻不停地在拉风箱。粗短的腰，也在跟着一前一后地摇动。他没有顾得和我多讲话，整个的注意力似乎都放到烧火这个工作上。而炉腔却像一个吃不饱的怪兽，老程一铁铲一铁铲往炉灶添着煤块，它依然不满足似的，反用浓黑的焰苗直对他喷射。那丛生在他嘴皮上的一簇粗硬的胡须，像燃不着的湿草，在冒着烟似的热气。

锅里的水由沸腾而慢慢安静下来。老程喘了喘气，随手扯着敞开的小棉袄襟，在脸上擦了擦，说：

"就早晨这一阵子紧，我总怕耽误了同志们喝水洗脸。"

说着，他没有听我的答话，却跑到床前，从一件破衣服袋子里摸出一个干馍来，放到炉口上烘烤了。我注意地看着他的动作和表情。他把馍馍翻来翻去，每翻一下馍馍，总要看看床上那个熟睡的孩子。馍馍烤得黄焦焦的时候，他就把它放在离火较远的地方。我看着他，几乎忘记了是一个老头子。我觉得，坐在我身旁的是一位细心而慈祥的老母亲。充满在他周身的爱的关怀，感染得我对他和没有见过面的孤儿，越发想接近了。老程轻手轻脚地把一个上下身连在一起的棉衣烤了烤，又压在被子底下，他又自语般地说了：

"能睡一会，就叫他睡一会，孩子生下来没尝过娘一口奶，连个暖窑热炕也没得安生住过……"

"那么，你不要老去摸索他吧！你走来走去会弄醒他呀！"我扯住他的胳膊，让他休息下来。老程的屁股才落到干柴上，手又不由自主地去摸炉口上的馍馍。猛然，睡着的孩子翻动了，并且哭声地喊：

"老程……老程……"

老程连忙跑过去，双手往床上安抚着说：

"好孩子，不要起来！天太冷，多睡一会儿吧！"

孩子并没有听从老程的话，竟摇摆着一个小脑袋，从被子里钻出来了。一张脏污小圆脸，闪动着一对发亮的黑眼睛。他一转眼看见我这个陌生的人站在床前，吐了一下舌头，又把头蒙进被窝里去，不一下，他好奇似的，只把两只小眼露了一下，撒娇似的又喊；

"不睡，我要起来！"

我学着老程的话，想让他多暖和一会。他只是偷偷地看着我笑，慢慢地把两只裸露的小胖胳膊伸出来了。还是用着顽皮的鼻音说：

"给我穿袄么……"

老程把他扶起来，将他的小胳膊送进热棉袄袖子里，用手指着我说：

"又来新同志啦，你快起来看看。不许再吵，吵了这个姨姨要笑话呵……"

孩子下地上来，他像完全没有听到老程的话，也不对我感到怯生，抱着老程的腿说：

"馍馍呢？给我馍！"

"你就忘不了吃，馍叫那些害死你娘的敌人抢走了。"老程摸着孩子的黄软软的头发，装着认真的样子，和他开玩笑了。

孩子露出生气的神情，鼓着小嘴巴，示威地去用头顶老程的大腿。

我被他这种天真举动逗引得笑起来。老程用着鼓舞的声调，拉着他说：

"站好，咱们抢馍去，替你娘报个仇！"

孩子忽地一下就跳到老程胳膊上了。他两只胳膊箍着老程的脖子，两只小脚高兴得直踢打，叫着说：

"把我的馍一定抢回来。"

当老程骗哄着他，用挂在腰里的那块灰布手巾，给他洗脸的时候，我站在他的身后问：

"小鬼，你叫什么？几岁了？"

他马上转过身来，顽皮地比着三个手指，一个字也不告诉我。老程替他回答了："你数数他的指头看，那就是他的名字，又是他的年岁。好叫好记。"他转向孩子："小三，为什么不好好对这个新姨说？"

小三偎倚到老程怀里。小手不住地在抚摸老程的胡须。不知什么时候，老程把烤好的馍馍从炉子里拿出来了，他在小三眼前一晃，小三像一只小狗，扑下就抢到手里，大口地吞嚼起来。

起床铃一会儿响了，很多同志们都先先后后拥到厨房来打洗脸水。每个人似乎都对小三发生兴趣，进进出出地都要扯扯他的头发，扭扭他的脸蛋。而小三，也像和谁都熟识亲热，他不住地用脑袋去撞人家的屁股，或扯住人家的脸盆不肯放。忽然，一个同志从后面伸过手来，把小三的馍馍抢去了。小三从老程身旁抓起一把火铲，追赶着那个同志，急得又跳又骂：

"坏蛋！抢东西是顽固分子，日本鬼！"

我们看的人都笑了，笑得小三更发火。他把火铲唰地往地下一扔，一只胳膊抱住那个同志的一条腿，身子一耸动，便把馍抓到地上。但，他并没有把馍馍拾起来，脸上显出一种执拗而倔强的表情。他一只手揪紧了那个同志的棉裤，一只手又把火铲抓起来，示威地说：

"你得给我把馍拾起来。不拾不行！"

那个同志没有理他，端着脸盆溜走了。小三像遭到了什么大的侮辱，闷声闷气地躺倒地上了。

"起来，不要这样发赖！"老程板着脸说。

站在我旁边的一个同志插上嘴了：

"老程，他再不起来，用火铲在他屁股上敲！"

小三斜着眼睛瞪了那个同志一眼，他一点也不怕似的，反而把身子贴地贴得更紧了。小嘴巴鼓着，挑战地说：

"谁打我，谁就是顽固分子汉奸！"

老程一边拉他，一边用严厉的声音制止他说：

"不许骂人！八路军不要你这骂人的孩子！还不快把你的馍拾起来！"

小三一听老程这几句话，横蛮的样子立刻变了。他低下了头，眼睛虽然泪汪汪的，却很快自己把馍拾起来了。这样，老程也才笑着把他拥抱起来，把馍一块一块送到他的嘴里。他恢复了快活，吃着馍，咿咿呵呵地唱起歌来。

三岁的孩子这样倔强，讲道理，能控制情感，在我还是第一次看见。我对他的兴趣特别高了。厨房里的人渐渐稀疏的时候，我还恋恋不舍地听老程向我叙述这孩子的不幸的身世。他的谈话带着很深的感情。他说自己怎样从脱离雇工生活，随同小三的父亲参加八路军，怎样在太行山打游击战。当他讲到三八年小三的母亲在临盆的那天晚上，被汉奸打死的惨状，他的话被悲痛扼在喉头里，继续不下去了。小三和我一样瞪着眼听着，他看见老程红着眼那种痛苦的样子，安安静静地坐在那里。停了好半天，老程才又张开口：

"我从血泊里把孩子抢出来，招呼这样大，他知道爹是八路军，八路军打鬼子和汉奸……"

老程的话没有说完，一个跛着右腿的小同志走进来了。她生着一张和小三极其相像的红色的脸孔，和一对又深又亮的黑眼睛。单从她那肥胖的棉军装，和剪得极短的头发，以及那浓黑的眉毛来看，是分辨不出她是一个男孩或女孩的。但，在我已经获得的印象里，我立刻就知道她是小三的姐姐。

小三忽地一下从老程怀里挣跳出去，抱着姐姐的腰，跳着去夺姐姐手里端的旧洋瓷碗。

"不要急，等着我给你冲藕粉。"姐姐用着大人一般的口吻牵起他的手，一跛一跛走到锅台跟前了。她跷着脚后跟，腿有些站不稳，身子一歪一歪地去拿水瓢。老程赶紧过来帮她舀起了一瓢水。她显得十分懂事，用嘴试着，一匙一匙喂到弟弟的嘴里。

老程注视着这两个孩子，脸上爬上一缕悲喜交加的表情，对姐姐说：

"石男，你喝几口吧！不要光喂他。"

但匙子却不曾有一次接触到她的嘴边。我看着这三个人的一举一动，真如同透视了他们每一个的赤诚的心。我感动得想流眼泪。人们最崇高的感情紧紧地牵连着他们，比骨肉都亲呵！一直到吃早饭，我才和他们三个人一起走到院子里。我挤到老程那一组中间去，我想帮他照管一下小三。

一清早没有停嘴的小三，看见了小米饭煮萝卜，贪馋地抱着碗往嘴里扒，不许谁靠近他或看他一眼，生怕别人会夺去他的碗。每个住下几天的同志，都晓得小三的大饭量。有些人故意和他逗着吃。这顿早饭，他吃得比我还要多，小肚子胀得硬实实的。

一推掉饭碗，他就一个人去跑着玩了。一天，我没有看见有谁去专意照管他。姐姐和我们女同志一块儿学习着《新民主主义论》。老程在厨房里工作，一天也很少有空闲的时间。小三拖着一双前方老百姓替他做的大棉鞋，摇摆着两只小胳膊，自由自在，大模大样的，像一个很有主见的大孩子一样，在院子里阳光下随意玩耍。我一休息，就不自禁地要去看他。看他骑着长凳子当马跑，摔着石头子当手榴弹，画个圆圈，自己站在里面喊：抓住汉奸啦！

一整天，我没有看见他疲倦、寂寞或哭泣过。他是健康、结实而愉快的！革命的大家庭，同志的抚爱，并没有让小孩子的心涂上一点点孤独的影子。这个孩子，这种带着新生命的孩子，像冬天的阳光一样，给我们这被冰冷恐惧所包围的院落，增加不少的活力。

从此以后，老程他们三个人，成了我最接近的朋友。我花很多时间出来去哄小三玩，帮他的姐姐学习文化。晚上，同志们差不多都睡了，我还偎挤在厨房里，听老程讲前方的故事、小三的趣事，消磨到深夜……

一天早上，雪落得厚厚的。我稀有地贪恋了一下被窝的温暖，已经吹哨子吃饭了，才爬起来。一种特有的力吸引着我，我照例先跑向厨房。

老程没有去吃饭，他的眼红红的，脸上现出困倦和忧烦的神态，坐在屋檐底下在洗东西。

我瞅瞅廊檐下几组吃饭的人们中间，又望望空落落的厨房里，我没有看见小三。平常，他早在同志们中间跳跳跃跃的，又吵又闹又打又笑了。我的感觉缺少了一件宝贵的东西，我向老程问：

"怎么没见小三呢？"

老程还没有答话，一个走进厨房来洗碗的同志，指着床，发现新奇的事物那样叫着说：

"那不是，小鬼头还躺在被窝里睡懒觉呢！"

我高兴地跑过去扯着他的被头叫：

"快起来，卖包子的早在等着你啦！"

小三并没有动静，老程却甩着两只湿漉漉的手，跌跌撞撞地从门外跑进来，制止我似的嚷着说：

"喂，同志，别动他，让他睡吧！你可不晓得，他泻了一夜肚子。"

"一定是昨天晚上会餐吃着啦！那么一大碗肥肉，就是大人也受不了呵！"我不安地说。

老程一面走过去在替小三掩被头，一面用着爱怜的语调对我说："同志，不怪孩子馋呵！咱前方的同志，整天是糠菜，很少见点油水。"

他脸上的肌肉一抽动，眼睛瞪得大大地又说：

"擦黑，我去井边绞水，屋里没人，他把我和石男剩的一大碗菜也偷吃了，临睡时好好的，梦里还问什么时候再会餐呢！后半夜可受不住了，泻了好几次……这孩子平常不大病呢……"

我简直想埋怨他对孩子的放纵，但，一想到他那出于爱的心怀，话吐在嘴边上又缩回去……

我安慰他说：

"不要着急，这一两天你叫他躺着，无论如何，不要再乱给他东西吃。"

小三突然哭叫起来，他好像在和一阵痉挛的剧痛搏斗，在床上翻滚，踢蹬。老程跑过去安抚着他，揉着他的肚子，轻声哼着：

"肚子疼，

叫黄龙，

黄龙拿刀，

……"

他端着尿盆子，又细心地帮助小三解了一次大便，小三才又安静地睡着了。

我看着老程忙得不能去吃饭，便盛了一碗稀饭递给他。但，他喝了两口，似乎是再也吞咽不下的样子，又放在炕灶台上了。他不停地摸摸这，揉揉那。他从床脚下拉出一堆揉皱的衣物，放到洗衣盆里。我又在盆边石头上坐下。

水结了薄冰，一堆浸湿而冻得硬邦邦的衣服在盆边堆放着。老程卷了卷袖子，就伸进手去，洗着那夜晚孩子泻脏的衣服。

雪片落到他的脸上，即刻就融化了；凝成的水珠汗粒一般地直往下流；冻得红枣似的鼻尖，紧促地呼着热气。他没有丝毫烦躁的样子，眼睛只在注视着水、搓板、刷子，又注视着水中的衣服。衣服击碎着冰片，擦着搓板，唰唰地响。

这个令人感动的场面，又把我怔住了，我蹲在老程的旁边，我不知该说什么该做什么。很久的沉默中，我只是用热辣辣的发直的目光盯着他那红肿肿的手。

"给你打勺热水吧！你的老筋骨怕冰出毛病来呀！"这是我唯一想出的帮助和安慰他的话。

他决然地拒绝了：

"可不要，炭这么贵，可不敢用热水，搓两把就好啦！"

老程一听见小三在床上任何一些微小的呻吟或不安的翻动，就苦苦地对我说：

"同志，他疼不胜叫我疼，一晚上，我心里就像刀扎着一样……"

这些话，我是常从当父母的口中听到过。当时，我没有做过母亲，不能完全体味这种筋肉牵连的感情。可是，一个抚养孩子的老头的心，竟然也是这样，我的心也跟着发疼了。

石男吃过饭，跑到老程旁边，拉住他的胳膊说：

"老程，你进屋去暖暖，我来洗。"

"去吧！你还是安心学习吧！"老程近似命令地说。

这一天，老程无论怎样也离不开小三的床边了。我也决心陪上他守坐在厨房里。他沉默不下去，从他忽东忽西，忽这忽那的谈话中，才发现他的思绪很纷乱，神经有些敏感，他老重复这句话：

"这孩子长大，保准比他爹还要强。可是，好人命不长，我拉他不住呵！"

"你不要胡思乱想，他很快就会好的。"

他哪里听得进去我这些安慰呢！不吉利的念头，在他脑子里如同一道道的车辙，一滑就滑进去了。他越怕这样，越想到小三什么都好。他发抖的喉音所播送出的每一句话，都印刻在我的心里。正因为小三像他自己叙讲的那样，是几次从死里救起的孩子，他也就越发地疼爱。他们共同地度过无数饥寒的日子，无数个黑夜。在战斗日夜继续的太行山上，孩子终日揣在他怀里，背在他肩上，向安全地区奔跑。仿佛看见他用嘴哺育孩子，用胸膛温暖孩子，他付出自己的全部生命，使新生命在血火中成长起来，并付以他高远的希望。我认为，对革命他是付出一切他所能做的了，在辉煌的战绩所写的伟大的诗篇上，老程所做的，将是一段最神圣的插曲呵！

小三躺在床上倒很乖。这样，老程的夸奖也就更没完了：

"他天生就懂事，生下的时候，我们趴在山沟里，鬼子就在圪梁上搜过去，他就知道不哭。他爹计划打仗，他从来没有吵闹过，病起来，就这样，他讲道理……"

晚饭，我帮助他淘好米，放在锅里。

第二天，小三又和平日一样，跳着唱着，和同志们在院子里打闹了。老程紧锁的眉头展开来轻松愉快了，我们大家也轻松愉快了。特别使我们都高兴的是，一清早我们就得到明天有车的通知，再有一个晚上，我们就要离开这白天见鬼的地方。

院子里的同志们，都在忙着整理自己的行装。老程的心比大家都着慌似的。我看见他一会跑到总务科去替两个孩子领棉大衣，一会又跑到厨房去把馍馍替他们装到行军袋里，吃午饭的时候，他从枕头下一个小包袱里，很仔细地找出一件黑羊皮领子的没有完工的斗篷来。他对我说，这是他离开前方时，一个女同志特意做给小三的。但，在她没有缝完的时候，和小三的母亲一样，也牺牲了。我和很多女同志来抢着替小三完成这有意义的爱的纪念品。

晚上，老程很早就把两个孩子安置睡了。自己呢？半夜的时候还坐在灯下，吃力地瞪着两只干瘪的花眼，一针一线替两个孩子缝补着破的衣服，补缀着脱落的纽扣、鞋鼻、裤带以及臂章和符号。

太阳升起了，我们坐得满满的车子，开始在黄色的沙雾中向延安奔驰。

公路平坦宽阔，但，我们的汽车却不能径直地自由通行过去。没有走多远，我们就被一队拿着枪的兵截住了。他们气势汹汹地从一座城门里冲出来，刺刀明晃晃地对着我们的车头。我们惊恐中都十分镇静。坐在我对面的老程，一遇到这个情形，先把小三紧紧地搂在怀里，不让这恐怖的事件吓着了孩子。而他自己是和我们大家一样，睁着警觉的眼睛，抑压着愤怒，静静地期待领队同志的交涉，希望汽车的马达尽快地再响起来。

在一天的行程中，我们像一车囚徒，一次一次地受到无理的检查。太阳老高，我们又被迫在洛川就停止前进。我们在城里旅馆内一住下，四周里里外外又立刻被军警包围了。

天不黑，我们都上起房门睡下去。老程和小三住在我的隔壁。石男就躺在我们女同志中间。黑夜，我们屋子附近忽然响起枪声，而且又不时地响着皮鞋声。每当这恐怖的骚动过去的时候，老程就敲着很薄的纸壁，低哑着声音对我们说：

"同志，你们可不敢出去，警心点……"

他听见我们的回话以后，又轻声地和小三说：

"你可要记着我告你的话。叫我爷爷，不管谁问你，你就说是找爹去……"

离开洛川向前走，检查的次数更多了，带枪的队伍又都从公路旁边的碉堡上跳出来。

在同官，我们终于被拉下车来了。我们的行李一件件被摔在地上。被褥衣物一样一样任他们拆毁。一片纸头他们也要投进水盆里去检验，一瓶瓶的牙膏也要挤出来看看。

我们也像行李一样，被他们随意分散地排列开来，搜摸着全身里里外外，还要去回答他们一些诬蔑的问话。

老程站在我那个队列的末尾，只怕谁去伤害他手里抱着的孩子。他听着那些无耻的问话，气得胡子直发抖。当他看见他们走到石男跟前了，只怕出什么差错，就迈出了一条腿，想要抢上去替她说话。石男却理直气壮地回答了：

"受伤打前方下来的。"

"叫谁打伤的呵？尝够日本人的厉害了吧？"

"日本鬼子打伤倒甘心，是他妈的汉奸，没有中国人味的顽固分子！"

检查的人狠狠地瞪了她一眼，因为没有从她身上抓到什么借口，只是骂了一句"八路崽子"就过去了。

我们忍辱地通过这一道鬼门关。一过交道镇，我们仰天地歌唱起来了。老程却还不停地在埋怨石男的大胆。

到了延安，老程和两个孩子留在招待所里。我搬到已经决定的工作机关去。临别的时候，我们都现出很依恋。小三紧紧地牵着我的衣角，石男扶着我的肩头。老程对小三说：

"让姨走吧！都在延安住，一定会看见。"

"我住定就来看你们。"

两个孩子放开了我。我走不远，还听见老程的声音说：

"俺孩还是命大。明天咱去看毛主席，他会把俺孩安排个好地方……"

我自由的新生活开始了。在一个晴朗的早饭后，我满心快活地走下山来去看小三。沿着延河朝南走了不远，迎面一个骑着驴子的小孩高声地喊着我的名字。我一听是石男，就停下脚来定睛去看，老程抱着小三跟在驴子的后边。我也喊起来：

"老程，我正去看你们呵！"

"送小三上保育院，石男上保小。"老程高兴地说，"毛主席亲自给他们俩打的介绍信，叫特别招呼这革命后代呢！我这才放心呵！"

"那么，我也陪你们走一趟吧！"

小三在老程怀里跳起来似的表示欢迎。我调转头来，和老程并肩朝北走了。我们沿着结冰的延河，踏着一条长长的多沙的路，走得很起劲。

小三的一张发红的圆脸，洗得比平常的时候干净多了。没有灰，没有鼻涕，在阳光下透出喜悦健康的笑。

"你舍得他们吗，老程？"我用试探的口吻问他。

老程回答了：

"只要他们好，我还有啥舍不得呵！毛主席安排他们是享福的地方。这样，他爹在前方打敌人也安心啦！我的责任也尽到了。"

我反问两个孩子：

"老程不要你们了，怎么办呢？"

石男用懂事的眼睛看看我，没有讲什么。小三摇着小脑袋，满有把握地对我说：

"老程过几天，也搬到保育院，和我一块呢！今天他还去送姐姐。"

从小三的话里，我知道老程已经做了一番很苦的思想说服工作。我也趁机劝小三说：

"保育院的妈妈姨姨可多，待你比老程还好呢！"

小三似懂非懂地憨憨地听着。

转过几个山头，远远地望见一排向阳的窑洞。再朝前走，从窑洞前在阳光下整齐晒着的小被褥，我指给老程说：

"这大概就是第一保育院。"

我们爬着山坡，一阵尖杂的孩子的吵闹声，和不整齐的歌声，从上面飘送下来。走到山顶上，一群群穿着厚厚的棉衣的孩子们，分散地在跳跃，在歌唱，他们每个的脸都是又黑又胖，红红圆圆的。

很快女院长出来接待我们了。老程把小三拉到她身边，又把介绍信交给她。女院长摸着小三的头说：

"在这吧！你看有多少小朋友！"

小三怯生地从她手里挣脱出来，直贴着老程。老程滔滔不绝地在对女院长讲述小三的不幸的命运和苦难的生活。他再三要求她特别照看小三。虽然，她耐心地听着，并且十分恳切地回答着一切，但最后，他还是扯着院长的胳膊，一遍又一遍地说：

"同志，他是革命后一代，没娘的孩子，要多费心……"

在院长和我们谈话的时候，我们已经被一群大大小小的孩子围起来了。他们笑着、跳着、指点着，你拥我推地用着天真的眼光，注视着新来的小朋友。有两个靠近我的孩子小声地问我：

"你是不是他的妈妈？"

我摇摇头，并且告诉他们这个孩子没有了妈妈。他俩大声嚷开了：

"凌院长是我们大家的妈妈……"

他两个要问我：

"你愿意当我们的妈妈吗？"

我笑着点点头。他们都拍起小巴掌来了，并且一起一落地唱：

“陕甘宁，

我的家，

我是家里的小娃娃。

……”

开饭号一响，他们排起了小队，洗净了小手，戴起了饭裙，走进饭堂，捧起热腾的包子，安安静静地在吃饭。

老程好久都没和我说话，他端着一个保姆递来的小三的饭，虽然往他嘴里喂，眼总是看着一个个的孩子。我猜想他是在矛盾的焦点上挣扎了。因为，他即刻就要离开这骨肉一般的孩子。这样幸福的环境，也不能使他完全没有自私的感情。他好几次说：“多好呵！叫他在吧！”他却没有移动脚步。

午睡的孩子都起来了。影子在阳光下已经成为斜长的。老程这才伸出一只颤抖抖的手，轻拍着小三的头，用着几乎听不见的喉音说：

“小三，你好好在这里吧，我和你姐姐走啦……”

“不呢——”小三哇一声哭了。他扑到老程怀里，两只胳膊紧紧抱住老程的大腿。

老程看见他从来没有这样黏着自己，心像又有些软了。他连忙说：

“不要哭，我不走啦，你跟小同志们去玩吧。”

小三接过一块小朋友送的饼干，和他们去玩一个彩色皮球去了。老程向我使了一个眼色，低声说：

“同志，咱们走吧！送石男上保小，还有几十里路呢！”

虽是急于要走，但老程的眼光却始终在小三身上转。看着看着，他像又情不自禁似的叫了：

"小三，你好好玩吧！我有工夫来看你。"

小三一听见这话，张着嘴巴伸着手，又像要哭的样子。老程又说：

"俺孩是小八路，可听说呢！玩吧！"

小三的注意力集中在几个孩子中间了。还是石男趁小三背转身去的时候，轻轻地扯扯我和老程，我们悄悄地下坡走了。老程走几步就停住脚往回看看，转下山脚的时候，目光被隔断了，但我们还不断地听见天真的歌声。老程抑压不住激动地说：

"过几年，我如果不死，我再来看小三。他一定长得结实漂亮，学一身本事，为革命工作了……"

"他们是幸福的一代。"我也把深心的话叫出来了。

离开保育院，我和老程的心一样，充满着依恋、希望和宽怀。我们把这从苦难中生长起来的孩子，留给幸福的乐园，留给那放射着快乐的光芒的新的一群中，各自去奔赴革命工作的新岗位。

一九四六年九月二十二日于邢台

英雄的父亲

西虹

【关于作家】

西虹（1921—2012），原名宁保禄，山西崞县人。1940年毕业于延安抗日军政大学，曾任延安八路军留守兵团烽火剧团宣传员，东北民主联军宣传部记者，第四野战军宣传部编辑，解放军报社记者等。1944年开始发表作品，1952年加入中国作家协会，曾获得三级独立自由勋章、三级解放勋章。著有短篇小说《英雄的父亲》、中篇小说《在零下四十度》、长篇小说《山城》等，还有散文集《军中记事》《无尽的怀念》《时代的奉献者》，另有《西虹文集》（六卷）。

【关于作品】

小说《英雄的父亲》，选自1948年9月的《东北解放区短篇创作选》第一辑。小说描写了年轻战士张德志牺牲在战场上，他的父亲张老汉因为没有收到儿子从战场上寄回来的家书，情绪低落。营团指挥所的指导员和士兵们去慰问和帮助张老汉，告诉了张老汉儿子牺牲的消息，并给老汉讲述了儿子的英勇事迹。小说表达了"父亲失掉了儿子，战士们失掉了亲爱的战友，可是他牺牲得有名誉，牺牲得有价值，人们反而比他活着的时候更爱他，更尊敬他"的主题。小说的描写质朴真诚，对张老汉的心理活动的刻画细致入微，对张老汉心态的转变也描写得很好。小说揭示了战争给家庭和亲人带来的创伤，也表现了对生命的尊重，及对战士们"重于泰山"的牺牲的崇高敬意。

春暖化雪的日子，部队从江南回来了。一封封平安家信，很快又传递到深远散落的农村，落到军属们手里。

战士们的家信，惯常是简单扼要的，就像在一片白纸上拟了几条富于战斗性的标语，或者是他在哪次战斗中的缴获数字，至于他自己呢，那就是身体粗壮，工作顺利，充满年轻的革命乐观主义者的气概。家属们拿上这些信，到处背诵着，这些信也往往像群众会上受到热烈拥护的口号一样，立时就会在全屯引起议论和骚动。于是，老大娘扭着小脚笑扁了嘴，小媳妇低头红脸地偷着笑，老汉们则摸着胡子，点着头，给战士们编造许多神秘英勇的故事，传播在每一个人的耳朵里，军属们自然是心满意乐，喜笑颜开的。

胜利屯里只有张老汉一个人不好受，别人家的孩子都往家里捎信，就是他的孩子没有写回信来。

"张大爷，德志哥在队伍上好吧？"

"大叔，你给德志哥打个信吧，不晓他在队伍上变成个啥样儿了。"

张老汉最怕人们这样问他，这些话，常使老人家苍老的脸上感到热辣辣的，不知是痛呢，痒呢，还是臊呢！各种味儿都有。

"德志哪！"张老汉一个人闷在屋里，近乎回想地说。好像他面前就站的是儿子，他这位做父亲的正在给儿子讲说什么老年人的心事呢。

"德志哪！"张老汉从胡子底下吹出一口气来。"你走的时候我吩咐你什么来？你给你老子也争口气！我说，现下房子也有了，地也有了，还差什么呢？还差个名誉。人过留名，雁过留声，人家年轻人都能有个名誉，你也不要枉活这一辈子。你倒也听话，就到乡政府报了名，参了军。乡亲们请了吹手，扭起秧歌，村长给你拉马护蹬，妇女会给你唱歌戴花。参军光荣！给乡亲们立功！又喊又闹，连你爹也给乡亲们高抬了！不管怎么说吧，好赖你也升了个班长，给家里捎了个口信，乡亲们也都知道了。可是你呀，这又快半年天气了，你一个字也没有写回来，到底儿你是怎的啦？敢是做下对不住乡亲们的事了？哎呀！就是你独个儿心里没有长牙！……"

这天起，张老汉就怀了个心事，他也不见乡亲们，也不到乡上打听儿子的什么。"只要你是有心人，就会给爹捎信来"，他抱着这个主意等了好几天，实在坐不住了，就到电边大路口上转一转。

"同志！你认识我那德志吧？"遇着穿军衣的人来往，他就这么样跟人家打听。

"同志！你给他带个话，叫他好好儿干！"

军人们摆摆手走了，表示不知道的样子，他老人家还在后面添凑这么一句。

张老汉打听到部队离这儿不太远，现下也还不到耕种时候，

自家到队上找找他去，看看他出蜕成啥模样了，也还值得。主意
既定，老汉就换上青布棉袍，靰鞡鞋里添絮了些苞米叶子。因为
他岁数大，比起连上年轻的军人来，他还是老一辈的人物，空手
去不大好看，随手就挟了一捆烟叶，装在布袋里，走亲戚似的出
发了。

遍处是黑油油水汪汪的田地，杨柳树都抽出油条，小丫丫们
在荒草岗上拔什么婆婆丁、老牛舌，眼看就临近耕地的日子。他
的脚步很快，也不管满路泥水，又湿又滑，总想早去早回来，拿
心侍弄家里分到的那一片地。几年来，他因为年老力衰，还没有
出过远门，这阵儿，他的神气比年轻人也差不了多少，走起来就
是大步流星，没有休息。头天走八十，第二天紧赶了一天，当晚
就在队伍上像亲人似的受到招待。

这是一个很窄逼的小屯子，看样儿住一个连队也就够挤了，
可是指导员特意给老人家腾出半个火炕，让自己睡在地下的谷草
上。战士们的被服本来就够单薄，可是各排都纷纷送来大衣，强
制老人家盖了一大堆，老人家急得直往一边躲。

"哎哟！同志们，我又不是着了凉，这要发滚身汗啦！"

"老大爷，你累啦，黑夜凉气大，哈哈……"战士们一件也不
往回拿，宁愿意大伙挤紧点睡。

从张老汉一来连上，指导员心里就压了一块石板。他尽管大
爷长大爷短地跟老人家问长问短，单就是有一桩事他提也不提。
张大爷呢，老人家走了长路，腰酸腿痛，吃饱睡好是头一件大事，
他也不急于马上就喊来自己的孩子看看。他现在是在部队上做客，
一些事还得在心里有个层次，沉着点气，好叫人看着他这老一辈
子的人，亲自劝子参军的人，到底儿还是看得开公私，分得开轻

重的。

"指导员，这回又抓得中央不少吧？好哇，把这帮'小蒋介石'都整干净，给我也报一份仇！"

"老大爷，咱们连上抓了二百多活的，还得了一批枪炮，小意思，哈哈，大胜利还在以后呢。"

"同志们都立下大功啦！我常说，年轻人都是好样儿的，一个赛似一个啦……"

"立功的倒不少，可是，唉……可是……"

于是，谈话就这样僵住了。指导员的声调有点悲伤，眼睛沉沉地看着老人家，老人家也没当回事，就着灯火抽着一袋烟，疲劳地歪着头，连连打了几个呵欠。

吃过饭，喝了几碗茶，通信员催老汉烫了烫脚，给老汉用钢针穿破脚掌上的水泡，就安身老人家休息。班排上给老人家送来铺盖，又派代表慰问老人家时候，指导员把他们善意地劝走了。这是为得使老人家得到足够的睡眠，还是有什么别的原因呢？

营部通信员赶夜来了。小胖子气喘喘地带来营上的信，和一些猪肉、鸡蛋，还有几斤白面。信上写得清楚：请你好好照顾军属老汉，不要引起老大爷过分的伤心。这封信，这些东西，给指导员心里那块石板压得更沉更结实了。他看看睡着的老人家，正在香甜甜地打呼噜，不由得对他起了一种怜爱的感觉：大爷呀！你已经是失掉儿子的人了，你对革命是有功的人！可是，我们不能填补你的损失，这是革命问题呀！他替老人家担负着悲痛，长时间望着黄黄的灯火不发一言。忽然，他抓起红皮挂包，从那里拣出一封待发的白皮信。这是一封家属通知书，那些在火线上出生入死的烈士们的名字被写在上面，他们能告诉家属们的，不过是他的儿子，她的丈夫，英勇顽强，在战斗中为人民事业光荣牺牲了，全体指战员悲痛万分，并向家属们致哀一类话语。在革命战争中，这是最普通最光荣的事，革命的美丽花朵，正是鲜血培植起来的！他如果把这信早发几天，那他的心会比现在轻快许多，一定在家属们抱着信痛哭的时候，会在多少乡亲们心中燃起复仇之火。只因这是一位烈士英雄，需要寄发家属们的东西，不光是这封通知书，还有别的更宝贵的东西呢。这东西会使家属们变得更坚强，更光耀，更会很好地生活下去。现在家属们自己先来了，看他那年轻活泼的孩子来了，这使他又一次悲痛地记起他的战友们，记起他们在激烈战斗中英勇地光荣地牺牲了，在敌人面前始终不屈地倒下了。这个不可免的事，同样在人们心里引起不可免的悲痛，这悲痛就是以后的勇敢和顽强，就是向敌人复仇！但是，他对他面前的老人家该怎样说呢？说的语气、时间，话的分量，都需要他斟酌。他把白皮信捏在手里，看了又看，他想即时把老人家喊醒，把信交给他。

"看，老大爷，德志同志牺牲了。"可是他没有这么做，还是把信装进挂包里去了。

这夜，营团指挥所的电话铃，丁零丁零响了好几次。头一次，团主任叫营上给老人家领来些肉面，这已经送到连上了。第二次，电话铃又响了，教导员从被窝伸出手，把耳机抓在耳朵上。

"口外，口外，嗯……已经上师部领去啦？嗯，什么？谁来呀？"

耳机里一下没有了声音，只听见刚才这个熟悉的口音，又跟另一个地方通了话，他听不清说些什么，就把耳机挂起来。

这时候，团部通信员正骑了快马，从师里回来。他领回来一个纸卷和纸包——精印深蓝色图案的烈士功劳状，和一颗五彩辉丽的总部英雄奖章。主任把这些荣誉和忠实的结晶，珍爱地放在文件箱里，又一次抓住电话机的把手直摇。

"口外，口外。"营教导员第三次又拿起耳机来。"什么？嗯，嗯。你明天来？嗯，好的。"

于是，指导员这里又收到营部的一封信，时间正好是夜十二点。指导员张开睡眼，就着灯把信看了一过，疲困和烦躁都被一扫而散，他心里轻快了。他对于张德志的牺牲，并不看作是一个家庭的事，这是全部队的一个张德志，全部队为他的死哀痛，永远地纪念他。张老汉，也正是许许多多把儿子贡献给革命的，我们战士们的一个家属，部队里为他担负着的悲痛，也是深刻而沉重的。他失掉了儿子，战士们失掉了亲爱的战友，可是他牺牲得有名誉，牺牲得有价值，人们反而比他活着的时候更其爱他，更其尊敬他。明天，主任要来了，他要代表几千个人跟老汉说话，这比他的话要有力得多，效验得多！还有什么呢？……指导员渐渐入睡了。

天色蒙蒙糊糊，似亮非亮，张老汉蒙在被窝里被什么声音吵醒了。他翻了个身，屋里清清静静，没有一个人，四外是一片壮年人的呼叫欢笑，还夹杂着跑步，跳脚，和些刀枪的哗啦声。他舒坦地睡了一夜，浑身筋骨也松快了，一撩衣被，里面还热气腾腾，温温暖暖，多少年来这样舒服地睡觉，还是少有的一次。他穿好衣服，外面热闹的声音牵动着他的心，他一个人走了出来。

小小屯子的新鲜景象，清清利利摆在他眼前，昨晚来的时候他还没有分明看见呢。他住的这座院门口，高高地飘摆着一面丹红色的锦旗，另一处院门口也挂着一面比较小些的，这些旗在沿街疏疏的杨柳枝丫间，显得格外动人。

哨兵面对着老人家，脚后跟哼地一碰，来了一个敬爱的持枪礼。老大爷来不及招架，连连给他点头，年轻的哨兵笑了。

"同志哪！嗨，这面旗是谁给挂上的？"

"这是我们连上得的，打仗立了功，师里奖给的。"哨兵的声音自信而满足。

"你看，那一面又是怎么回事？"老大爷扬了扬手臂，翘起胡子又问。

"也是奖给的，哈哈，"哨兵扑哧一下笑红了脸，"这是咱们一排的光荣，老大爷，明白吗？"

老大爷点点头，转身就走。他忽而感觉到那面小些的红旗，也是奖给他的。他孩子就是一排二班长，二班长定规也有一份儿，他是二班长的爹，他也跟着他沾光。这时，他大胆地对孩子下了个断语：他真的争下名誉啦，没有给家里丢人败气，孩子还不赖，一些离家时候对孩子的推断，慢慢地给挤出了脑外，他好像已经转回了家，遇着了乡亲们。"看，德志那孩子还得了一面旗，这比给我捎十回信还好哩！做大人的盼他个什么呢，这也就够好了。"于是，乡亲们都羡慕他，都拿出儿子的家信，噘起嘴，发出了不满足的议论。"鬼个信！你也没有得面旗，这有啥味儿呢！人家张大爷才是光荣军属哪！"接着，家属们便央求会写字的人，他口说，让他照着写，叫儿子给家里争回名誉来，不然乡亲们对家里的照顾和关心，都给枉费了心，甚至还决然给儿子写道："你不争个好名誉，就别往家里写信！"这样，张老汉便成了众口夸说的好老汉，他在屯里被光荣和尊敬包围着，快快活活地过着日子。

"哈哈，才三十五米！看我的！"

　　"我要来四十米！不是吹的！注意啦！"

　　嗖！嗖！扑啦！"三十八米！"

　　嗖！嗖！扑啦！"三十七米！"

　　张老汉一抬眼，这是在一个打扫得干净光滑的大院里，许多战士光着臂膊，头上冒着热汗，正在抢着，嚷着，投掷着木制手榴弹。街这边还散着几个战士，把枪架在树条支起的三脚架上，对着墙上涂抹的红点儿瞄来瞄去，一句话也顾不得说。一下，街那头又像打锣鼓似的敲起铜盆和洋油桶来，一些战士在这些响声里，弯了腰，端了枪，跑几步卧下，跑几步卧下，"冲啊，杀啊"地呼喊着。张老汉起先心里发跳，以为出了什么乱子，一想，才断定是部队在打野外。他望着这些跳动着的人群，左瞅右瞅，一个一个地端详着他们的脸儿，有什么事放不下心来似的，直然在街口站定，惶惶惑惑地思考起来：德志呢？跑哪儿去啦？敢是我眼花了吗？

　　"老大爷，靠边点，看撞着你！"一位高大黑胖的战士，轻声提醒着老人家。他后面正跑着一行行战士，连刚才投手榴弹的那群人也都来了，他们一直往村口涌动着。

　　"同志，你是谁呀？"张老汉抓住黑胖子的手不舍得放开。

　　"大爷，我是二班长。我们打野外去呀！"说着，黑胖子抽手就跑，追赶着部队。

　　张老汉的心好像叫什么东西猛然抓了一下。是他听错了，还是他说错了？德志不是二班长吗，怎么二班长是他呀？他想追上去重问一下，可是已经来不及了。还在刚才过队伍的时候，他也没有把眼光离开战士们的脸上，他就是没有找着德志，这件事他一直没有理解开，反而越弄越摸不着头脑，他的惶惑和烦闷，更深一步地抓撕着他的心。这到底是怎么一回事？他自己是无从解答的。

"张大爷！起么么早干吗？你老人家真……"指导员活泼亲昵的声调，给他老人家愁呆呆的眼光怔住了。年青的指导员，不由得也以同样的眼光看着他，话音抖抖颤颤地说：

"跟我来吧，大爷！……你老人家别难过吧！"

一种不祥的预感，紧压着张老汉，他见指导员低着头走，他也默默地紧跟着他。

这是屯外大路边的一个小小的荒草滩，滩上直竖着深灰色的尖塔。在杨柳遮罩里，在烟色的浓雾里，尖塔挺立在重重云雾里，似隐似现，可望而不可即，充满庄严雄大的气势。

他两人肃静地走向塔前，身影浸没在晨雾里。这是什么地场呀，我的天！张老汉惊愕地凝望着，一声不响地凝望着。

的确，这是一个新天地，张大爷生平还是头一次看见它。那深灰色的塔，像一个大扎枪头子似的直穿上去，上面还密密地刻画着公正的靛蓝色小楷字，雾气把它浸湿的润泽明静，一丝灰尘不沾。塔下是几排花圈，白蓝相间的花朵上，亮晶晶地闪动着露水珠，这花就像从湿润的草地上刚才开放。至于那些荒草丛下，不也是早伸出尖尖的茸茸的绿芽了吗？这是多么年青活鲜的地场啊！

他两人静默了许久，指导员才讲解了这座塔的由来，和它的全部修建过程。

"张大爷，这位就是德志同志。"最后，指导员才指着塔上第一行靛蓝色小楷字，沉痛而兴奋地说。他怕张大爷对他坦白的言语引起过深的刺激，但也顾不了他老人家此时的心绪如何沉痛，一连气诉说了他儿子在激烈战斗中的超等功劳。为了纪念他，师里给一排发了一面旗，而且把一排二班授名德志班。至于这座烈士纪念塔，也是部队在最近赶工修起来的，他儿子正是烈士英雄，名字列为塔上第一名。这样的荣誉，是万代千秋不会被人遗忘的。他这样说，是想安慰这位年高的军属，好让这些光荣真实的故事，扫散他老人家的满身愁云。他的言语，像是对塔上的烈士们的誓词，生者死者都会从这里找到满足的微笑的。

他身旁的张大爷，静静地望着尖塔，这些话像铁锤子一样打击着他的心——他是孤老汉了。他是失掉儿子的人了。他再也看不到他年青的脸儿，听他爽利的话语了。昨天，他还有说有笑，在他脑子里活现着，这时，仅仅由于指导员的一句话，儿子已经不再活着了，永远安息在黄土里了，他真该伤心痛哭呀！可是，张老汉的眼泪是非常吝惜的，它就是不往出流。嚎吧，他也嚎不出来。

孩子，你死得好！死得名誉！爹就盼着你这样活，这样死！你没有给我丢人，也没有给乡亲们丢人！你的名字留在大路边，留在塔文上，过往行人都会看见你，都会从你身上认得你父亲，想不到做了一辈子牛马的穷小子，也还有咱们出头露面的这一天！你妈是怎么死的？穷死饿死，骨头棒子包了一片破席，找不到地方埋，失落了。你哥是怎么死的？出劳工，压死在煤窑里，落得尸首也不知道撂在那里了。就是你死得值当，死得有名，爹舍得你！爹会尽这条老命干你这份差事！你等着吧，爹会给你复仇的……

他不识字，发烧的眼睛凑近指导员指点的那行小字，看了又看。他看着那一行新崭崭的楷字，就像看见了儿子，他当他还活着。

雾气在阳光里淡薄起来，暖阳的金色光芒花纹般地织在尖塔上，给塔上的字镀上了金箔，越看越闪光，无数白蓝色花朵也格外鲜嫩，塔前的他两人也渐渐恢复了镇静，现在，这儿一切是清醒的，健康的，富于生长力的。

不知过了多少时间，指导员和张老汉又出现在一排宽大的房间里。

斜阳顺窗玻璃射进屋里，战士们在耀眼的光线里谈笑，吸烟，又像在漫谈，又像是非正式的集会。

"大家注意啦，肃静点。"指导员两手摆一摆，把张老汉让在地当中。"这是咱们二班长张德志的爹，英雄的父亲。"

张大爷露出慈和的笑容，给大家点了点头，然后就捧起一布袋烟叶来。"张大爷硬要慰劳大家这个，我说不收也不行。"指导员补叙了一句，就把布袋递给左臂上缠红布条的值星排长。

屋里是不间歇的笑声，掌声，咳嗽声，张大爷刚刚摘掉皮帽，屋里就没有声息了。多少双眼都在尊敬地瞅着他，有人还用指头点他。

"大家同志，咳，咳。"张大爷开始说话了。他的声音有点发抖，话语里满含着豪爽和愤慨。

"我儿子德志，原先二班的班长，他死得名誉，死得好，我不难过。我问候同志们个好，咳，咳……"

"同志们！我们班长是给蒋介石狗×的打牺牲的！"一位浓眉黑眼的青年战士，他伸出胳膊直晃，气呼呼的像在喊口号，"我们后方的家里，房子有了，地也有了，德志班长是为咱穷人的江山牺牲了的，咱不给他报仇，谁给他报仇?!"

"对呀！"另一个战士呼噜一下蹦起来，他看着大家说，"咱们是才来的，老同志给咱们争下了光荣，咱们要保持住光荣！坚决给张大爷报仇！"

这当儿，好像还有人气昂昂地说了许多话，可是张大爷似乎是没有听见。他在这群青年人面前站着，心却早跑到别处去了。他看见戴船形帽的蒋介石的猴子兵，张牙咧嘴硬要往山上爬，他们要来山这面香喷喷嫩淋淋的果木园里抢桃儿吃，这时，猛然有一个人就在山顶上把他们打倒一大片，以后，他们成群结伙一次一次又来，那个人就倒下了。他正要分辨倒下去的是不是德志，紧接着，身后呼噜呼噜，小老虎似的扑上来数不清的队伍，把猴子兵吃掉了，他高兴地站在山顶上，正想跟着小老虎们奔下去，忽然谁们来撞了他一下。

"张大爷，你还认得我吧。"一位高大战士走近张老汉，他一手持着红旗，一手握住老人家的手。

张老汉看出是那位黑胖子，而且是他顶替了他儿子的职务，便对他格外亲昵地笑了笑。"张大爷，我们全班要为德志同志报仇，还要保住排上这面光荣旗。"说着，黑胖子把那面旗随手展开晃了晃，他后面立时爆发出掌声来。

之后，屋里是这样静，人们都用光亮的眼睛望着张大爷。这是最严肃的尊敬，这是高尚的爱，这是众人的心在默默地赞美他。可是张大爷，他也不慌不忙，平平悠悠地转圈看了看，又一次抓住黑胖子的手，紧紧不放，激动得说不出话来。

"张大爷，"指导员从旁走过来，"你看见我们就当是看见德志一样，我们一定为你报仇，为德志报仇。"

"我，我也……我还行，我不老。"张大爷看着指导员，抖动着他的胡子。

院里咔噔咔噔传来一阵马蹄声，顺门闯进来一位矮胖年幼的警卫员，他劈头给指导员敬个礼。

"报告，主任来啦，叫你同他去呢。"他把嘴向张老汉翘了翘。

张老汉难舍地离开战士们，被指导员领着出来，对面是匹桦皮马，衣帽整齐的一位瘦脸人，笑微微地牵着马缰，迎着他。"他就是主任？我来这儿才一天，主任怎么知道的？主任还知道我的名字？……"

张老汉正在走着想，指导员已经把他介绍给主任。主任热情地握着张老汉的手，几个人一并走入连部，于是，重要的谈话开始了。

主任的言语是非常慎重的，他一字一句，慢慢地谈说着，他的每一句话，给张大爷带来真诚的安慰，他要叫老人家把心放宽点，他要叫老人家从孩子的牺牲里，看出孩子永远不会死去的意义，他要叫老人家把悲愁和眼泪，变为光荣的复仇的力量。张大爷默声听着，点着头，这些，他都有了，他正是这样做了的。

忽而有什么东西在他眼前闪闪烁烁地放出彩光来。他抬起头，被什么力量，催促着，他站起来了。

"张大爷，德志同志为人民立了功，你老人家也光荣。"主任望着手掌心那颗放射异彩的物件，他说出多少人想跟他说的话来，张老汉在这个场合，无形也感到自己是处在人海的包围之中，多少只手同情地挽着他，多少双目光，敬爱地望着他，他受到最高的荣誉，他受到人们的无限尊敬。

"老大爷，你把它收下吧，这是你永远的光荣！"张老汉以激烈的发抖的手，抚摸着这颗宝石似的彩亮的奖章，老眼里立时糊满了泪水。"我，我不回去了！我也参军，我要给儿子报仇！"

两个伤兵

艾芜

【关于作家】

艾芜（1904—1992），四川新都人，原名汤道耕，现当代作家。1932年加入中国左翼作家联盟。1957年加入中国共产党。代表作有短篇小说集《南行记》《南国之夜》《芭蕉谷》，长篇小说《丰饶的原野》《故乡》《山野》，散文集《漂泊杂记》《缅甸小景》，理论著作《文学手册》等。中华人民共和国成立后，艾芜创作了大量反映新的社会现实的作品。长篇小说《百炼成钢》就是新中国最早反映现代重工业的文学作品之一。

【关于作品】

《两个伤兵》写于1938年6月，后收入《艾芜全集》第七卷。1937年全面抗战爆发后，艾芜写下了一些关于战争的作品。1938年，中华全国文艺界抗敌协会在武汉成立，艾芜积极地参加宣传抗战事业。到湖南宁远后，他将笔墨从前线转移到了后方，写下了《两个伤兵》等作品。《两个伤兵》写了国民党伤兵在旅途中和乘客的交谈。小说以对话的方式，从侧面赞扬了八路军军民之间的友好关系，也反映了作者对国民党士兵与民众关系的观察，呼吁了建立抗日民族统一战线。小说通篇以对话为主，真实动人，细节描写让人仿佛身临其境。

　　火车到羊楼司车站的时候，偏西的太阳，已经离山不多高了。两个伤兵走进车厢来，就在我邻近的座位上，勉勉强强挤坐着。一个客人，据他自己说是曾在南京机关上服务的，就立刻替他对面卧铺上躺着的妻子，拉上布幔来遮着；他对于在他身旁坐的伤兵，显然感到了充分不快。那伤兵也觉察出来了，便说道："我们是到岳州去的，等不久就下车了。"脸色显得很和顺，态度毫没一点倨傲的样子。车走得快，挂布幔的铜圈子，便慢慢滑开，躺着的女人，也就渐渐现了出来；起先还是那男子将铜圈拉上，随后便由那位伤兵赶快替他遮起。他这种极有礼貌的动作，不久就使那位男子的脸色柔和了，对于他的谈话，也带着并不轻蔑的神情。同伤兵谈话，时常提起问话的对手，便是那男子带的勤务兵。他是睡在高铺位上，盖的老羊皮灰布外套，有一片拖了下来。他一谈话，总把两边牙龈上的飞牙露了出来，样子仿佛在笑似的。伤兵也高兴谈谈讲讲，他的脸黄黑带红的，大约是在伤好之后，健康也已完全复原了。如果不是还穿着医院的衣服，谁也不会把他当成伤兵的。另一个伤兵，个子高些，是挨我更近的地方坐着的。他人就瘦削，脸上现出颧骨，也没血色，好像蜡人一般，黄白黄白的。他一来坐着，也不看任何人，也不讲话，只是默默地闭着眼睛，将头和背，都全交付于壁板和窗子，一任车去抖动摇摆了。

有时听见他的同伴跟那躺在高铺上的勤务兵谈得笑起来的时候，他才张开眼睛看看他们，偶尔还动动嘴唇，低声附和几句，只是他并不随同发笑。

我见勤务兵伸下头来问道："那就怪了，五六天都没饭吃，那你怎能打仗？又哪有气力跑路呢？"强健的那个伤兵响着哈哈回答说："那你才呆了！没饭吃？人是活的呀！他可以找别的东西来装肚皮哪！"勤务兵歪着头，表示不相信地说道："你刚才不是说，战场上人家住户都烧个光了，送饭的夫子，还没送到，就给炮弹炸弹打死了吗？""那有什么相干呀！战场上吃的东西还多呀，日本鬼子打来的炮弹，就够你饱一辈子啊。""切！"勤务兵这么做了一声表示非难，但接着也和伤兵纵声笑了。挨我坐的这一位伤兵，就张开眼睛慢吞吞地说道："在嘉善过的那五六天日子，丢娘的，想都不要想，全是嚼田里的毛豆和谷子哪。"勤务兵赶紧偏起头皱起眉毛问他道："那不是很难吃的吗？""那还用讲！"挨着我坐的这位伤兵，简洁地如此答复一句，跟着就双眼闭拢，神情像不耐烦再说话似的。勤务兵还想问下去，看见他那种光景，也就不作声了，略微失望地张望着他。那位健康的伤兵，就又兴致勃勃地说道："吃豆吃谷子，你默倒是剥去壳子么？有那样的！简直是连毛连皮子，连叶连泥巴，一块儿乱嚼，哪容得你去洗泥巴，去剥皮子！"勤务兵做出厌恶的神情摇头说道："我宁愿饿死，我都不要吃！""吓，吓，小兄弟，你是在这些地方呀！叫你上战场，可就不同了！……我告诉你，上了战场，人就像发了疯一样，顶喜欢的就是吃子弹呀！吃连毛带皮的豆子和谷子，更是算不了一回事的。"勤务兵又"切"了一声，仍旧和伤兵一同笑了起来。伤兵笑着说道："这你又不相信了，我请问你啰，一个人不想吃子弹，他跑上战场去做什么……闯鬼了！”勤务兵就驳他道：“你在说天话！谁不晓得上前线打仗，是由于热心爱国呢？”于是伤兵就立刻回驳道：“热心爱国才上前线，那他们这些不上前线的，你敢说他们都不热心爱国么？我告诉你，我们当兵的，除了热心爱国，还特别喜欢吃子弹呢！你看，我吃了一顿东洋大菜，于今差不多发胖了。你老弟，要长得快，听我的话，还是上前线去吧！”勤务兵又“切”了一声，向那位闭着眼睛的伤兵看了一眼，笑着反问道：“他不是和你一样，也吃一顿东洋大菜么？为什么他又那样瘦？差不多鬼一样。”尾后一句话，说得很小声。健康的伤兵从容不迫地笑着说道：“这你都看不出来么？他见了东洋大菜，就——呵，又溜开了。”说着就把那遮着女人的布幔，迅速地拉来掩着。“他真饿得很，见了东洋大菜，就像害了馋痨的人一样，一下就吃伤肚皮了。比如饭是养人的，你多吃了，看你病不病？”勤务兵见左说也难不着他，右说也难不着他，便拿重话刺伤他道：“那你真会说，我请你再去吃一顿东洋大菜，饱得来连爬都爬不动就好。”接着就嘻嘻地笑起来。健康的伤兵，毫不介意地说道：“吃，老早就想去吃了，可不像他那样的馋痨，我懂得那种东洋补药，只能一点一点地吃哪。”挨近我坐的这位伤兵，大约已入睡了一会儿，到这时忽又张开眼睛，插嘴道：“日本鬼子的罐头我倒吃过，记得在江湾那一仗，一声号子冲过去，香烟哪，牛肉罐头哪，不晓得捡了多少！”健康的伤兵就向勤务兵点一点嘴巴道：“你听听看，我哄你做什么？”勤务兵又“切”了一声：“我不晓得他说的牛肉罐头就是手榴弹，香烟一定是什么毒气东西。”

说完之后，就向瘦弱的伤兵看看，像是盼望他有所说明或者把他的话加以纠正。但这位伤兵，却像怕多说话会费精神似的，不管勤务兵怎样乱推测，老是合着眼睛打他的盹。这样一来，反使勤务兵看见他那种不儿戏的神情，倒怀疑自己的推测了。隔了半晌，让火车用吓人的巨响，完全通过一座桥梁时，才作古正经地问那健康的伤兵："那种牛肉罐头，你吃过没有？""怎么没吃过？就是吃过了，我才会到这里来坐火车呀！你问得好傻啰！"伤兵仍然笑嘻嘻地说话，一点也没疲倦的样子。勤务兵搔一搔头，说道："不要说笑话了，我是老实问你哪。"伤兵拍打一下他的膝头，做出微微嗔怪的神情道："这才怪了，说一半天，你还默倒我是在说笑话么？我告诉你，我讲的话，没一句不是的的确确，实实在在的……今年你十几岁了……十五岁！等不几年，你去吃吃日本鬼子的牛肉罐头吧，你就晓得我老哥说的，半点不假！"勤务兵睁大眼睛问道："要同日本鬼子打那么久么？"伤兵这回严肃地说道："要是日本鬼子不退出我们中国，我们是要永远同他打下去的，一直打到儿子孙子！……那就是说我们这一辈子，都要吃他日本鬼子的牛肉罐头。"说到尾后这两句时，又忍不住发笑起来。挨我坐的这位伤兵这阵又张开双眼，吞咽一下嘴里冒出的唾液，叹息似的说道："医院里的伙食，太不好了，我想这回转院到岳州去，该要好点吧。"接着闭拢眼睛，沉默了一会儿，又继续说道："听说山西那边的粮子，常常搞到日本鬼子的吃食东西，丢娘的，倒不如就上前线的好！"这阵他是闭着眼睛说的。那位健康的伤兵便搭嘴道："这就要看大家打得好不好，会不会用计。不然的话，就要吃他小老弟说的那种牛肉罐头了。"这位挨我坐的伤兵，并不睁开眼睛，只是咂一咂嘴巴，现出馋痨的样子说道："只要是牛肉罐头，总是好吃的。"健康的伤兵哄的一声笑起来了，一壁还向勤务兵映一映眼睛，意思像是说"你看他还蒙在鼓里呢"。跟着又把滑开了的布幔，好好地拉拢过去。

那位自称是南京机关上服务的客人，向我们这些坐在左右邻近的，带着夸奖的语气说道："于今的老总，真是大大不同了！要是先前么，你哪里敢同他们坐在一块。"那位健康的伤兵就微笑着说道："这原是我们打仗学来的乖呀，在这里还不打紧，那到山里面去打仗，粮食一送不到，好泉水又找不着，你不靠当地的老百姓，你靠鬼呀！不管你是谁，俗语说得好，'寡妇生儿子，总得有人帮忙才成'。"挨我坐的这个伤兵微微张开眼睛，说道："真是，在江西地方受够老百姓的气了。一进门去，连稻草都找不着一根。"在南京机关上服务的客人同意地叹一口气道："我们的军队打江西真是吃了不小的亏……真是不小。"挨我坐的这位伤兵，并不理睬他，只是随着车厢的摇摆，不住地点动着他的头。那位健康的伤兵，却很有精神地笑着接嘴道："老实说呢，在我们这些士兵弟兄看来，倒得益不少哩。"说到这里，一面拿眼睛扫视一下周围的客人，意思像要显显他的创见似的。勤务兵露出两边的飞牙，笑着向众人说道："不要听他的，他又扯谎聊白了！"在机关上服务的客人拿出几个煮熟的蛋来吃，顺手便对这两个伤兵各送一个蛋。并一边吃蛋，一边向那健康的伤兵说道："你说下去吧，我倒要听听你的意见。"伤兵接着蛋，一面剥蛋壳一面说道："怎么说我们得益不少呢？别的不说，先前我们坐车，有哪个老百姓肯拿蛋招待我们，一看见就讨厌得要命，恨不得两脚踢开，强盗，叫花子，你给我滚……于今这些好处是哪里学来的哪，就是那个使我们吃亏不小的地方！……人家待老百姓多和好呵，进屋就替你扫地，哼哼，一切都客客气气的。"望望周围不再说下去。接着就吃起蛋来了。

　　勤务兵也接主人一个蛋，他见伤兵好一阵都不讲话，便一边吃蛋，一边笑着问道："同志，这个蛋比日本鬼子的弹哪个好吃一点？""当然这个不够味儿了！这个蛋只有嘴巴才肯吃。你看它肯吃么？它肯吃么？"把他剩在手里的半个蛋，喂在手臂上一下，又喂在脸上一下。"要是日本鬼子的弹么，我就恨不得长千万个嘴巴来吃了，腿子也要吃，胸口也要吃，背也要吃，手也要吃，那味道儿真是好得很！"说到这里连他自己也忍不住笑了起来。勤务兵笑得不住地翻动着身子，等到笑停止了，又逗伤兵道："你头回吃的日本弹，又是哪块地方吃的呢？""哪块地方，就是这个饿东西豪强哪，它家伙一嘴就抢去吃了！"伤兵一面拍拍他的左边大腿。勤务兵继续逗他玩笑道："要是再吃过去一点，吃到腿骨上，那看你怎么办？"伤兵要笑不笑地说道："那它可比你还聪明哪！并不像你那样傻头傻脑的，不论什么蛋，都只晓得张开嘴巴乱吞哩！"勤务兵又"切"了一声，打算再找点什么话来逗伤兵的时候，他的主人便把朝着窗外观望的头掉转来，吩咐勤务兵道："要到岳州了，你把暖水瓶准备着，等到站就去买瓶开水。"勤务兵立刻就从高铺位上爬了下来。窗外的原野，渐渐笼着夜色和晚烟了，远一点的村落人家也慢慢模糊不清起来。挨我坐的这位伤兵张开眼睛，略略精神振作一点，现出很担心的神情说道："今晚到医院，怕赶不上晚饭了吧？"那位健康的伤兵就接嘴道："管他的！赶不上晚饭，咱们不会进馆子么？天津馆，四川馆，广东馆，湖南馆，随你意哩。"挨我坐的伤兵，便斜起眼睛冷冷地看他一眼，说道："你请么？""不是我请还有谁？请问你，伤兵老爷！""你拿什么去会账？卖你自己么？"

　　"啊哟，你怎么这样看不起人！你不要问，只消同我一块去。

你看，吃了之后，嘴巴一拭……哼，哼，钱么？中央银行去支？听见没有？……听见了……这下回头来……老哥走吧！"挨我坐的这位伤兵，大约对于他的疯言戏语听得太多了，此时就毫无一点感应，只是轻轻地合拢了他的眼皮。到岳州，那位健康的伤兵下车的时候，向大家和悦地点点头，并向勤务兵笑着喊道："小兄弟，咱们火线上见！"挨我坐的这位伤兵，也不说话，也不向众人看一眼，只是怯怯弱弱地站了起来，低着头跟了出去。

一九三八年六月于湖南宁远

钱

陆
地

【关于作家】

陆地（1917—2010），原名陈克惠，曾用名陈寒梅，笔名陆
地，现当代作家。抗日战争全面爆发后，陆地奔赴延安，进入抗
日军政大学；1938 年加入中国共产党；后又考入延安鲁迅艺术文
学院（原鲁迅艺术学院，1940 年更名）文学系，毕业后留校任文
学研究员；后任部队艺术学院文学教员、《部队生活报》特约记者
和编辑、《东北日报》编辑部编辑组长。陆地在延安时期，参加了
大生产运动，到部队深入了解生活，积累了丰富的创作素材。代
表作有《从春到秋》《钱》《红叶》等。

【关于作品】

《钱》创作于 1946 年，原载于《东北文艺》1949 年 7 月 15 日
第二卷第二期。东北解放区的短篇小说创作风潮起于 1945 年日本投
降，到 1949 年 10 月中华人民共和国成立。这个时期的东北解放区
小说主要基于土改斗争和前方战争的背景而创作，作品的基调清新、
明朗、朴实，充满着向上的活力，洋溢着对解放区生活的热爱和对

未来的向往。小说《钱》就是一篇创作于这个时期的优秀小说，它塑造了老汉王励本勤俭淳朴的形象。王励本有残废金、保健费，并在合作社中入了股，有了一笔钱。他跟着部队从陕甘宁解放区到晋西北新区去，本想带着钱在路上花费，可是老百姓纷纷给他们提供吃喝，不要钱。王励本一路上也没有把钱花出去，最终决定把钱捐给公家，队长却也不收。小说有着浓郁的生活气息，人物形象生动，故事性强，真实地反映了战争年代的军民互帮互助的真挚感情。

一

  王励本从银行回到队上来的时候，什么声音也没有，静极了。他疑惑地把这个窑洞那个窑洞的门全部给开开，铺盖，挂包，草帽和茶盅都不见了，屋里空空洞洞。他想："人都到哪儿去了？难道已经出发了吗？"

  可是仔细一看：牙刷和手巾还在窗台边安安静静地放着，好像平时一样。老程准备行军用的棒子木棍子依旧靠在屋角；门外晒衣服的绳子上还挂着几件半湿的裤子。

  "对了，一定是临时有什么报告，叫大伙都听去了！"

  王励本这才同做完了一场噩梦，松了口气，顺手抹了抹额上沁出来的汗。他额角上满布了皱纹，稀疏的鬓发隐约地显出几根白发。人总是那样精瘦，眼睛又大又深，脖子显得那样细长，打后边看，可是有点像鹤的后脑瓜。这几天天气热了，他就爱穿齐到膝盖的短裤跟布条打的草鞋。虽说是热，他的皮腰带照例是要扎的，后面还挂上一条手巾。

他现在心静下来了。一个人坐在炕上，缝着肠一样的带子。带子缝好了，他就把刚从银行换来的七块银洋装进去；为了防备银洋在里边互相摩擦，又在带子外边把银洋一个一个隔开，缝了一道圈圈，然后把带子捆在腰上。

"这个又怎么放呢？"他又从小布包里拿出一只韭菜边的金戒指，套上无名指去，然后将手指都并齐比了比，觉得黄澄澄的，发亮得耀眼。"咱这双粗手不要这个玩意！"他带点厌恶的感情把它取下来，可是往哪儿放呢？想来想去，最后，才用缝衣服的白线一道一道把它缠起来，一下子金戒指变成一个白圈。这样不再惹眼了，他才把它套到右手的无名指上。他也知道旁人戴金戒指都套在左手，他却以为右手灵便，有力，容易照顾。另外，他还有一沓发绿的国民党中央银行的关金券，一沓太岳，解放区的钞票，八百元晋西北的农钞，他都用一块小小的黄色油布包得牢牢实实地放在口袋里，扣了扣子还怕掉了，再别上一个别针。

好了，他什么都准备齐全了。现在就准备出发了。

傍晚。

队上的人从飞机场听完报告回来了。人们像一窝蜂，有的解开沾满了泥尘的裹腿；有的匆匆忙忙解开衣领，将手巾塞进脖子和胸膛去抹着汗；有的用嘴吹着茶盅的热开水；有的却忘了口渴，兴奋地议论刚听到的报告；有的把草帽往地上一放，坐在帽边上，掏出旱烟叶来卷成了烟卷，慢吞吞地呼出氤氲，留意听旁人的发言，好像要等一个机会，自己也插进这场欢喜的谈话。

王励本听得心动了。从窑里蹦了出来。睁着迷惑的目光看望每个兴奋的脸面。

"王老汉，你今天到哪儿去啦？听报告你怎的不去？"谁在人群那边远远地叫过来。

王励本说不出来话，好像有了失错的人，叫旁人给点破，显得很拘束。后来他实在忍耐不住了，向着坐在土蹬上的老程问：

"老程，倒是听了谁的报告啦？"

"毛主席！"老程停止了吹气，喝了一口开水以后才骄矜地回答。好像打了一场胜仗的神气。

"真的？"

"那可不，你怎的不去！"

"喂，谁知道，"王励本踩了踩脚，表现无限的遗憾的样子，"为什么早上不通知呢？"

"你为什么不在家，到哪儿去了？"

"我去银行换钱嘛。唉，要知道是毛主席报告，我……我不要这些钱也甘愿！"王励本也蹲下来，靠在老程旁边。

"那，拿钱给我，我把毛主席的话传达一遍。"

"好你说哩，老弟，你可不是毛主席。"

"那有什么关系，反正把他的意思告诉了你就行了呗。"

"好，你讲吧。"王励本稍稍想了一下，说。

"拿钱来。"

"哎，你这个人，可是那样爱钱。"

"嗨哟，老汉，你不爱钱？为了这几个宝贝钱，报告也不去听了，还说漂亮话：不——爱——钱！"老程把最后三个字拖得挺长，带着嘲讽的意味。

王励本好像受了一肚子冤枉，哑巴一样说不出话。

老程停了一会，带着半开玩笑的口气问："王老汉，我问你，你倒是哪儿来这些钱？"

"哪儿来的钱？还不是革命给的。"

王励本说他自从三四年在拉子口最后打那一仗，左胳膊挂了彩，以后一年就领四次三等残废金，另外还有保健费；加上他个人这两年种了两三亩麻和山药蛋，得些钱，他都把它放进合作社去入了股，慢慢就成了大数目了。

"你怎么不把它用掉呢？"老程问。

老程是工人出身，有着直爽的性情，爱痛快。有钱就花，自己花，给朋友花，满不在乎。

王励本和老程可是两样：自从他把地主的犁耙放下，参加了红军，这十七八年来，他都保持农民勤俭的习性，钱不到该花的时候，他决不轻易浪费的，不管是公家的开支或私人的使用。他说：

"做什么用呢？有吃有穿，这两年又赶上'丰衣足食'，公家给的都用不完，自己还有什么好用场呀！"

老程马上接着说："那，你走时候把钱交给公家算了，还带它干啥？"

"这又不同啦，到前方去不能像在延安一样啦，比如说，要经过敌占区，经过国民党区，就是经过旁的解放区吧，怕也不能跟延安一个样啦。比方说，买点茶水什么的，不得花点零钱吗？"

"你想得倒是周到。"老程回了一句。

"唔……不过，我没有听到毛主席的报告，可是比掉了钱还难过！你想吧，咱们这回到前方去，什么时候能再听到毛主席报告呀！他今天倒是讲了什么呢？你给我传达一下好吗？"

"好吧，我传达，你给多少钱做慰劳？"老程掉过头来盯着他。

"你讲吧，反正你真是需要钱的时候，我保险给你！"

"好，你听着。第一，毛主席告诉咱们说，要时时刻刻记住……"

"唔，记住什么？"王励本插了一句，异常专心地听。

老程接着说："毛主席讲，要记住咱们是为老百姓当勤务员去的，不是去当官。一定记住自己是老百姓的子弟兵，不能是旁的什么人，一定记住把军民关系搞好！"

老程讲到这就顿住了，掏出烟叶来卷纸烟。王励本却急着问："第二呢？"

"没有第二了！"老程一边吸着烟，一边回答。

"只说一条就完了吗！"

"对啰，毛主席说，大家都把这一条军民关系做好了，其余的第二、第三、第四条都能办好了。"

"唔……有理，有理！"王励本点点头。

当天晚上，大家都快要睡觉了，队部的小鬼来说：

"哪一位是王励本同志？队长请去一趟。"

王励本问："什么事？"

"谁知道，你去就明白啦。"小鬼说完回头就走了。

王励本一边走，一边嘀咕着："怎么回事呢？……就是今天没去听毛主席报告吧？要挨批评了！该倒霉，革命那么多年还没挨批评哩，这回可……唉，早知道，那些钱……不过，这不能怪我，有报告为什么不先通知呢？我出去时候是跟班长请过假的。"王励本想到这，已经走到队部门口了。他鼓起勇气喊了一声"报告"。他小心地走进队部去。队长正在审阅着一堆"鉴定表"，人进来了他才抬起头，细细打量进来的人。

王励本站得直直的，膝盖要发抖的样子，心里想："糟糕了！"

队长问："你就是王励本同志吗？"

"是。"

"好！你抽烟吧？啊，你请坐嘛。"队长亲切地说。嘴上噙着一支吴满有牌的纸烟，凑近灯火去点燃。

王励本坐在队长左边的凳子上，还是狐疑地猜想："怎么回事？"

队长喷出一口烟雾，带着微笑说："你还是个模范工作者哩！"

王励本的脸发了一阵热，嘴唇颤了一下。

队长说："这样，咱们这个干部队的同志都是从各个不同的工作岗位调来的，人都不熟，你嘛，在原来机关是搞总务工作的，我们的意见，想在行军时期请你来做管理员，把咱们的伙食闹好一点，叫大伙能吃饱饭，走得动路，是不是？"

"是的，是的。有理，有理！"王励本点点头。

队长把烟头掐灭了，才两只手抱住膝盖想了一会儿，又说："励本同志，这是比较艰苦的工作啊，不过，大家的事情，反正总得有人出来做，对不对？"

王励本这时候才把疑虑消散了，人变得活泼起来，看了看队长才说："那不对怎的。我老汉不懂得多也懂得少，歌子不是唱过吗？'一人为大家，大家为一人。'我旁的记不住，这两句歌子倒是忘不了。咱们革命可不就是这个道理吗？"

队长听着，高兴地笑了。

但，过一会儿，王励本忽然迟疑起来，想要说什么话，可是又不敢说。

队长问："你还有什么意见吧？"

"没有……"王励本机械地答了一句。

队长沉了脸，默想。又抽出第二根纸烟来点燃，慢慢地吸着。

"不过，队长，我得有个声明。"王励本突然说了。

"可以的，什么事呢?"队长回答了他。

"我个人身上现在有七块光洋，一只一钱半的金箍子，六千元国民党关金票，还有一千三百元太岳票，八百元晋西北农钞，都是我的残废金，保健费和生产积下来的钱。"

"那当然是你个人的东西。"

"唔，不过也得先讲明，日后咱管伙食，人多，大伙又不熟，摸不透咱这个人心地好赖，怕别人多心，有什么闲话就不好了。"

"不会的。老乡说话说的：'立得正不怕影儿歪。'是不是?"

"那倒是。那么，没旁的事我回去了。"

"回去吧，明天你就上任呵!"队长笑了笑，站起身来送他出了门口。

二

队伍出发了。

这是三伏的天气，行军很容易疲劳。每天一到宿营地，人们就忙着去请求房东准许下门板架床，或者找没烧火的炕头，急急忙忙安置铺盖休息。有的就去远地找小河滩或涧水洗澡。只有王老汉走马灯似的转来转去，不是从区公所抱着柴草走来，就是在太阳下淌着汗水，举起瘦棱棱的手，拿着斧子，劈着木柴。他的眼角近来常常有一泡白眼屎，眼眶加大加深了。然而，他一点也不憔悴，依然挺带劲。

要用饭了。他就跟保姆一样：到每个班的住屋去摇醒睡得太熟了的人，亲切地喊：

"吃饭啦，等一下就要洗锅还老乡啦！"

队长一见他就说：

"王老汉，你也该休息休息了，有些事情可以让炊事员他们做，用不着你亲自动手嘛！"

他当时虽然点点头，表示同意。可是事情一来，他又亲自动手做去了。好像旁人干的话，他放心不了似的。

有一次开饭时候，有人吵嚷起来，你一句我一句地追问："怎么回事呀？伙夫打瞌睡吧？菜不搁盐怎么吃？"

炊事员受了委屈，气呼呼地说："盐才有那么些，叫我们怎么搁？爱吃咸的自各买去吧。"

"王老汉！"有人先火了，大声吼起来。

"什么？"王励本不慌不忙地应了一声。

"盐也不给够，怎么吃？"

"少吃点算了吧，路还长呢。这地方缺盐，一斤盐顶得上买一斤猪肉了。"

"哈哈！王老汉，盐也节省？真是成了'悭吝人'了。"好几个声音都这样叫起来。

"节省将来还不是归大伙，又不是归我个人。"王励本这下可有点生气，嘟哝了半天，走开了。

现在，王励本他们住宿在黄河西岸的一个小镇上。人们大半都已睡了。这时王励本才开始脱下他的草鞋，坐在用门板在屋檐下架起来的床铺上，只是想：

这几天来，在陕甘宁解放区一路上都有老乡们慰劳，用不着什么钱；明天要到晋西北新地区去，可不能一样了吧？路上买点茶水，米汤，总得花些零用钱吧？得拿出一部分晋西北农钞出来预备……

王励本把别针解开，从口袋掏出油布包来，轻轻地解开外边的小绳子，然后再翻开油布，油布里边还有一层鸡皮纸，最后才是票子。票子压成实实的，比早先扁多了，他放心不过，数了下才安了心。最后拿出了三百元，其余又把它包扎好，放进口袋去，又用别针别好。临到要睡的时候，照例地摸一摸腰带上的七块银洋，摸一摸右手无名指上的"疙瘩"。为着避免白天行军疲劳，夜里，鸡才叫第一遍，队伍就起来，在半明半暗的灯光下，匆匆忙忙吃上冷硬的馍馍，准备出发了。锅少，开水来不及预备。大家的水壶空空的，挂在腰间直晃荡。一路上大伙都嚷着口干。过了黄河以后，王励本就报告队长，说是他先走一步，到前面该休息的村庄去烧几锅开水让大家喝。队长答应了，并且叫他顺便熬些米汤。一路上他走得急，也真渴得难受。他想："这回儿见到鸡子什么的，一定也得买一些了，只要有稀粥米汤，管它多少钱我要喝它两三碗再说。"三伏天的太阳可真厉害，刚刚露上地面，晒到你背上就发烫。露水很快就不见了。蜜蜂在金黄的瓜花上闹哄哄地饮着花汁。

前面就是索达干了，这是濒临黄河的大村庄。街道打扫得怪干净。

一进村头。就见到在一间小屋门口的石板矮桌上面摆着的罐子，里面装着小米熬的米汤，旁边堆着大大小小的碗。几个穿白粗布衫的庄稼人守候在那儿。他们一见到这位穿军衣的八路，马上热烈地招呼说：

"同志，辛苦啦，坐下喝碗米汤吧！"

"好，我喝。"王励本坐下，捡了一只大海碗，一咕噜喝完了，接着又舀了第二碗，第三碗，完了，才打了个饱嗝，掏出昨天夜晚拿出来准备零用的三百元农钞，问："老乡，多少钱？"

"我们不要钱。"

王励本急忙问："不要钱要什么？"

老乡们说："咱们这是为同志们过路准备的。不要钱。"

"啊，啊！"王励本眼睛睁得圆圆的，说不出来话。他摸摸票子想给一点，可是看样子人家的确不是买卖的饭铺。迟疑了一会，他又记起来什么说：

"我们后面还来队伍哩，要好多开水才够。老乡，你再去烧两大锅来吧，我们给钱！"

老乡问："你们倒是来多少队伍呀？"

王励本说："多了，千把来人吧，光是咱们一个队就一百多。"

"那不愁。这一路上家家户户都准备上了，就等同志们来啦！"

"你们怎么知道我们来啦？"

"咋不知道，前两天就听说有队伍过，要到鬼子的屁股后面去解放老百姓。"

"啊，啊！"王励本连声啊啊的，拿起草帽，向老乡说一句"谢谢"，就往前面街上走去了。

大街上的每条小胡同口，果然是摆着一张桌子，放上装米汤和开水的罐子，同样也有叠起尺来高低粗细不一样的碗。有的还搁着一碟咸菜。米汤的表面，凝成一条薄薄的发皱的饭皮，有的落下一两只苍蝇。人们都注意望着村口来了八路没有，顾不上赶苍蝇了。老乡们一见到王励本就包围过来，你一句我一句亲切地说：

"同志辛苦了，才一个人吗？"

"喝水呵……"

"抽烟吧！"一个老头拿着一盒吴满有牌纸烟抽出一根来，凑到王老汉的跟前。闹得他挺窘，直摇手说不会抽烟给挡回去了。

"八路同志，给你熟鸡子！"一个小孩从小篮里掏出两只染红的熟鸡蛋使劲地往王励本的胸前伸。

王励本连声嚷："不要，不要。我不吃鸡蛋。"说完急忙拔开腿就走，可是前面同样的人又包围过来了。另外一个小孩追到他背后，敏捷地把鸡蛋往他的挂包塞。好像赛球，把球投进了篮似的，嬉笑着跑回来，骄傲地对他的小同伴夸说：

"我给八路同志两只了。"

"糟糕！"王励本摸了摸挂包里的鸡蛋，回头去看看小孩，小孩已经走远了。等他回转头来时，另外一个小孩端着一碗开水堵住了他，说：

"同志，请喝开水。"

"谢谢你，我喝饱了。"

"不，不行，得喝一碗。"小孩固执地努着嘴要哭的样子。

王励本被逼得毫无办法了，突然，身上的水壶和茶盅碰着发响，他才想到，水壶还空着哩，正好，把它灌满。他停了脚，接过小孩的水碗往水壶倒。他太兴奋也过于急促，倒着倒着，水壶一下子满了，水溢了出来，把衣襟湿了一大片，孩子们哈哈地笑着，满足地走开了。王励本出了一身汗才走出索达干的村口来。他现在可以安静地坐在一棵白杨树下边，抹拭他额前的汗粒，用草帽当作扇子扇着。他想，开水不用烧了，任务算完成了，觉得一阵轻松。但他摸到挂包里的鸡蛋，心上仿佛长个疙瘩，浑身发痒。他想：“'三大纪律八项注意'不是说不拿老百姓一针一线吗？我为什么白拿人家的鸡蛋呢？这不是违犯了纪律吗？糟了糕！不行，得还回去。”他取两颗鸡蛋出来，看了看。鸡蛋挺大，有一个是特别圆，说不定是双黄呢，糟了糕，说不定抱出两只鸡娃哪！……王励本越想越发不安，忽然站起来，自己对自己说：“还回去。”

当他刚走回到村口，队伍已经涌到街上来了，老乡们的声音就同赶集一样喧闹起来：

“同志辛苦了，喝水，抽烟！”

“辛苦了同志，抽烟，喝水！”

王励本拿着两颗红鸡蛋在人群里穿来穿去。小孩那么多，认不出谁是这两颗鸡蛋的主人了。

“王老汉，咱们烧的开水在那儿？”老程一把捉住他的衣袖问。

“米汤开水到处都是，你还要什么样的开水？”王励本不在意地回答了一句。

夜里。王励本想：我这三百元农钞又没啥用场，该把它包回去，免得弄丢了。不过，才刚队长说，前面五十里地就是离汾公路，那是敌人的封锁线，队伍在这休息两天然后在夜里过。夜里过封锁线得准备些干粮吧？怕要每个人自己花钱买了，钱还是别忙包回去。

两天过了。早晨，队长告诉王励本说：“下午要出发，提早开晚饭。”王励本把这意思交代炊事班长完了，自己就到街上去想买几个烙饼做干粮，他走了好几家铺子，拿起烙饼掂了掂分量，问一问价钱，都嫌贵了一点，要买不买的迟疑起来……蓦然，他想起忘了告诉炊事班长一件什么事了，急急地跑回来。刚一进院门，大家一个一个都拿着一条干粮袋等着领干粮。有人一见到王励本就喊：

"老汉到哪儿去啦？找你好半天不见。人家老乡送来干粮等开条子哩。"

"啊，啊，现在呢？老乡在哪儿？"王励本环视着周围的人家。

"队长代开了，你快点帮着快分吧。"

王励本马上解开腰带上的茶盅，问炊事班长一个人发多少，然后照着一茶盅一茶盅地给大家发。

这是掺着麦的炒面，咖啡一样颜色。每人拿到手都尝了一口，说：

"甜，甜。嗨，好吃！"

"先别吃呵！"王励本喊着，流了一脸的汗水。

给大家发完了，王励本把自己的也装进猪大肠一般的米袋子去。他一边想：

"太好了，样样都给想得那样周到，我的钱得包回去了。"

三

通过了离汾公路以后，部队深入到吕梁山脉。这儿是日寇三光政策的"屠宰场"。走了两天了，经过好些个村镇，再也看不到一片完整的瓦，看不到烟筒的烟火，井口被填平了，艾草占满了整个村庄的房院。山头的松树和白杨绿得那样凄凉。

队伍凭着干粮、溪水解救着饥渴，凭着树枝和叶子架成了 A 字形的草棚，人们就在这样的草棚度过他们的夜晚，山沟变成了长长的街道。他们在这儿等待着通过同蒲路的敌人封锁线，通过汾河——这条难渡的天险。

那是带着露水的早晨，支队司令员对着一千多人的队伍讲话了。说是从这儿再往东走五十里山地就是平坝子了。队伍要赶在天黑时候出山，继续走八十里平地才到汾河。过了汾河再走十五里就是同蒲路了，过完了同蒲路还得走四十里才到达太岳区山地。这一共有一百八九十里地，要在下午三点到明天天亮以前赶完。这一路上敌人碉堡特别多，而且是敌人的占领区了。号召大家发扬革命友爱，体力强些的帮助体力弱的同志……情况是艰苦而紧张的，说不定要跟敌人开火呢。不过，最后，司令员却用镇定、果敢，带着轻快的语气说：

"同志们！我们有信心克服困难。大家把草鞋带检查一下，准备走路！"

随着这个声音之后，全队的人都动起来了。有的重新认真检查鞋子，有的检查干粮袋，有的给水壶装满开水，有的精简多余的行李，同暴风雨要来以前的蚂蚁一样，紧张而纷忙。

王励本也忙起来了，他忙着叫炊事员准备饭菜、开水，忙着动员炊事班上大家互相帮助。直到晌午，他才坐回棚里来，将腰上的银洋带子解开来看了看，白带子已变成黑污了，显出七个黑圆圈。他先用小刀将缝在银洋周围的线头割断，再从帽檐上取下一根针，闷声闷气地把线脚一针一针挑开。挑了两道圈圈，他就把针别回帽檐上去，从带子里挤出一块袁头和一块墨西哥鹰洋。完了才把带子又缠回腰上去。

他拿这两块银洋在人群里找来找去，找了好半天才在半山腰的松树下边见到了老程。老程可是不在乎地躺在一张油布上睡觉。一只小蚱蜢在他的胸脯上跳着。王励本坐到他左近去，摇了摇他。

老程醒过来了，揉揉眼皮，看了一下，冷淡地问：

"什么事？"

"你怎么还睡觉？"

"不睡觉干吗？"

王励本焦急地说："要出发啦！"

老程却不慌不忙地答道："就是为了要出发才睡觉嘛！"老程讲完了话又想倒头去睡，王励本却拉住他说：

"老程，队长叫我先到前面去买干粮给大伙补充。我先走了！"

"什么？你先走？一个人？"老程这才关心地，睁着眼睛看王励本。

王励本平静地说："不，不止我一个人，有向导。"

"嗯。不过，得小心啊，敌占区可不是好玩的。"

"老程，"王励本说，"我这两块光洋给你吧。说不定跟不上队伍什么的，一百八十里路哩，谁能保险一定……反正有几个钱在身上预防是好的。上一回你给我传达毛主席的报告，我不是说给你钱做慰劳吗？这回你怕要用钱了，你拿着吧，我先走了。"

王励本把钱塞进老程的口袋里去就站起来要走了。老程跟着站起来，心里一阵难过，半天才说：

"好！——你把我这条棍子带着吧！"老程顺手将他那根棒子木的棍子给了他。

"你自个儿不用？"王励本问。

"咱们人多，走不动时候准有人搀，你拿着吧！"

王励本想了一下，点点头说："唔，有理，有理！"

老程看王励本走远了，才又坐下来，掏出两块银洋细细地看。他对这个肥头大耳的袁世凯头像啐了一口，嗫嗫地咒骂：

"死顽固，老独裁，卖国贼！"

当夜，队伍进行英雄的跋涉了。他们巨流般穿过平原，穿过密布如棋子的敌人据点。当中，向导在网一般的道上迷失了预定休息的地点，临近汾河边时，启明星已发亮，鸡声从四近的村庄啼叫起来，东边升起一片橘色的云彩。支队司令部传来一道紧急命令：马上渡河，迅速通过同蒲路，不休息了。立即，队伍做了最后的振奋，有如山洪，急急奔泻，最终跨越过了最难渡的汾河和严森的同蒲路。

当队伍进入太岳山地休息下来时候，干部队的人发觉王励本不见了。人们如同孩子失去母亲，或者是旅行者失了伴侣。一谈起来，大家都用担忧和惋惜的心情来想念他们这位和善而勤劳的管理员：

"王老汉怕走差了道？叫敌人俘房去可糟了！"

"真可惜，那么大年纪了！"

"这两天没了'管家婆婆'，伙食弄不好了！"

老程比旁人有着更多的怀念，然而比谁都要缺少着语言。这两天他老把那两块银洋拿出来细细地鉴赏，鉴赏得无可如何了，又照例地，对袁世凯的头像憎恨地咒骂：

"老顽固，卖国贼！"

好像王励本的不幸也是这位独裁者嫁给似的。

一天傍黑的时候，炊事班的院里拥挤着一大堆人。有的人看清楚了怎么回事以后，立刻往门外直喊：

"王老汉回来啦，咱们的管家婆婆回来啦！"

老程一听，急得帽子也忘了戴，连跑带跳地往人堆里直挤。他一把捉住穿一身农民衣裳的王励本，哑巴一样，呆看了半天。

一下子见到王励本左手拿的棍子，才喊道："啊呀，棍子，你还拿着哩！"

王励本倒是平静地带着微笑说："你当是我丢了吧？我什么也没丢。你怎样？好吧？两块光洋花完了没有？"

"没有。你的呢？怕花完了？"

"哪里话，我一个钱也没花。"

王励本说，他当初怕敌占区是人家鬼子的世界，以为要用到钱。想不到敌占区的老乡也跟解放区一个样，只要你把两只手指头比个"八"字，就保管你同在亲戚家一样：

"我这几天可是享福了——走了几天亲戚，有吃有喝的，夜里还睡得安稳。哈哈！"王励本小孩样天真地笑起来。

大伙也哈哈地跟着一阵笑。

晚上，老程到王励本的炕上来，把两块银洋还给他。说是没有用上，叫他存在一起吧。

"你为什么不用呢？"王励本严肃地反问着老程。

"用什么呢？那天一直都没停过脚。再说，一路上老乡也都是又是茶又是水的，往你跟前送，有钱也没处花。"老程说。

"那，这两天休息，买些鸡子喝喝补一下嘛！"

"嗨，炊事班长还没有告诉你吧？这两天太岳军区尽是送来猪肉豆腐，大伙都吃得跑了肚，你还说……"

"明天还得有两顿吃哪！"旁边一个炊事员插了一句。

"那你留着以后用。"王励本说。

"不，还是你带着吧，我带不惯钱，有了就想花，带着真别扭。没有了倒痛快。"

最后，老程把银洋丢在炕上就走了。王励本只好把它捡起来，又装进袋子里去，却没有照原来的圆道道缝起来。

四

不久，日本无条件投降了。干部队行动的路线跟着有了更改：原先是要到美丽的南方去的，现在却要到冰雪的东北来。

天气一天一天变凉了。躲寒去的雁群像部队一样，飞过明净的高空。绿叶落尽了，庄稼收完了，留下这片河北的平原宛如海洋的辽阔。早起，地上染上了一层白霜。

王励本到底是年岁大了，这两天夜里常被冻醒过来。"光蓝被罩不行，得絮棉花了。"他自己嘀咕着。队伍到新镇时候，队部来了个通知，说是明天不出发了，叫大家好好休息。

第二天早上，队上又来一个通知说叫每个班派两个人到部队去集合，旁人在家休息，任何人不准上街。这可把王励本急坏了。他早上还盘算好了的，要买多少棉花絮被子，完了还买一绺线；被面盖了五六年了，要是布料便宜，也顺便换一床花的。抗战胜利了，换一床花被面不能算腐化吧？早上凉飕飕了，能有毛衣也买一件。一个金箍子总够了。现在却来了这样通知，多憋气！他想去请假，又怕碰钉子………

王励本一个人正在待着发闷，老程来了，一见他就嚷：

"老汉，今天喝两杯吧？"

王励本满不高兴说："你请客吧？"

"嗨，你那么多钱还不请客，留着干啥？再过十来八天就出关了，听说一出关就坐上火车。你的钱……哎，留着干啥？"

"你讲得倒轻巧。就说快到了，也不能胡花钱呀，这一路来吃得还不够好吗?"

"那倒是,不过,今天不能上街玩,就在家喝两杯,大伙乐呵乐呵。"

"不能上街,你哪里去买酒?"王励本问。

"叫房东的小孩去买呗。"

"能吗?"王励本又问:"我今天倒想上街买棉花絮被子,又怕不准请假,真恼火!"

老程听他这么一讲才笑着说:"老汉,你别操心絮被子了,今天晚上保管你当新郎——盖新被子。"

"你别骚情了,哪里来的新被子?"

"你不信,咱俩打赌吧?"

"赌吧!"

"好,找证人来咱们打赌,要是今天晚上有被子盖你就请客!请喝酒?"

"行。要是没有呢?"

突然,门外嚷闹起来了,谁大声喊:

"王老汉,到队部去!"

王励本去了。老程在他后面追着说:

"老汉记住请客呀!"

王励本赶到队部去一看,啊,炕上全是崭新的棉被、棉袄、鞋袜,一大堆,把王励本的眼都给照花了。人们一个跟一个地拿到一床米色细布套的被子,一身铁灰色的棉袄,一双青色的布鞋和一双白布袜子。王励本满满地抱了一大堆回来,一样样地过细鉴赏了一番。最后,拿起袜子来反复地看看,接连着说:

"这袜子可结实了,够穿两三年吧?冀中的娘儿们真有耐性,一针一针纳得那样细密。被子也……"他又掂起被子爱抚地摸了又摸，脸色充满着说不尽的欢欣。

王励本藏不住他的欢欣，马上找老程去了。他一边走，一边想："这回请老程喝酒吧！"但是，老程不知又到哪儿串门去了。王励本东找西找也找不见个影儿来。"找不到可不能怪我。"王励本这么一想，心又平静了。他又急急忙忙回来，把棉袄、鞋袜、铺盖一样样过细鉴赏一番。最后把棉袄穿上试试，还问炊事员拿来一面银洋一般大的小镜子，照了照衣领。

炊事员说："管理员年轻了！"

"管他年轻年老哩，能管暖就行了。"

五

王励本他们终于出关，到沈阳来了。现在，他们住在招待所，上级规定暂时不准上街。王励本每天就在屋里待着。有时就到门外去观望那些树林样的烟囱电杆和电线，有时谛听远远近近的机器的鸣声和火车的吼叫，有时对着屋里挂着乳白的电灯泡出神。

"咱们革了十多年命，算盼到头了！"他满足地，嘴边常常浮上微笑。他把个人什么事都忘了，忘了盘算一下，自己要接受什么样的新工作，忘了原先决定回老家的欢喜；连腰带上的银洋，手指上的金戒指，口袋里的钞票，他也都忘了。

他完全沉溺在满足的快乐里，为着幸福，美满的预感所激荡。

一天，招待所请他们去洗澡。王励本到了澡堂，找到座位，也同旁人一样，脱下衣服什么的。蓦地，他发觉腰带上的银洋，跟着，记起了手指上的戒指和口袋里的钞票。"这些往哪儿搁呢？"

他迟疑起来了。他想："这种地方人多手杂的，自己人等会儿都进池子里去了，放下谁管呢？"他又把衣服穿起来了。痴痴呆呆地坐着。屋里一股闷热气把他弄得冒汗了。旁边一个同志从池子出来，见到他就奇怪地问：

"老汉，怎么还不脱衣服进去洗？"

"我……我不……"王励本害臊似的，摸了摸额前的汗。

他到底没有洗澡就回来了。他一路回来一路想：觉得留着钱是没啥用场，带在身上反而累赘。

晚上，公家又招待大家看电影玩去了。王励本没有去。他又想，看电影看戏也不用花钱，留着钱是没啥用场。他一个人把装银洋的带子解出来，又用小刀把线头弄断，然后一个一个圆圈把它挑开，将七块银洋都挤了出来。接着把金戒指外面的线也割开，这金色的光泽在电灯光下特别耀眼，王励本看了看才搁在银洋上。另外，包在油布的关金券、晋西北农钞、太岳区票子和一路来公家津贴的伙食补助金、零用费什么的，都掏了出来，他数了一下，然后又包在一起，一声不响地拿到队部去。

队长和政委也没空去看电影。他们正在商量在大家未分配工作以前，把路上节省下来的伙食费核算，分给大家。队长一见王励本来了，迎头就说："老汉来了！正好，我们正要找你呢。"

"什么？"王励本愣了一下，站着，直瞅着队长。

政委对他说："你请坐下谈吧！"

王励本坐下。摸不清怎么回事，咽下一口唾沫，嗫嚅着说："队长，政委，你们让我先说，我一开头打延安出发时候，不是有不少钱吗？……"

队长惊讶起来，打断他的话，问："唔，我知道。怎样，现在丢了?"

"不。银钱这东西得来不容易,哪随便丢了。"

"花了不少了吧?"政委愉快地抽着烟问。

"没有。一个也没有花。倒是多了一千七百块晋察冀票。"王励本回答。

"那,你现在——"

队长想说,现在该用的就把它用了吧。王励本却接过来说:

"现在我把它全拿来了,通通交给公家吧!"

队长和政委都诧异地,同时说:"那为什么?不行,不行!"

王励本平静地说:

"什么也不为。就是觉得吃穿什么也不用各自发愁,觉得钱拿在手上没啥用。"

王励本把七块银洋,一个金戒指和一包油布包的钞票,都放在队长面前,好像一个虔诚的香客献上了供品,完却一番心愿似的。立即转身走了。政委说:

"那不成,还给他!"

队长拿着钱,追出门去叫:"老汉!王励本同志!请回来!"

一九四六年儿童节,哈尔滨

月黑夜

杨朔

【关于作家】

杨朔（1913—1968），山东蓬莱人，原名杨毓瑨，现代作家、散文家、小说家，与刘白羽、秦牧并称为"中国现代散文三大家"。1939年参加八路军，转战于河北、山西抗日根据地，从事革命文艺工作；1942年7月到达延安，在中央党校学习3年，参加了延安整风运动；1945年1月加入中国共产党。解放战争时期，杨朔担任新华社战地记者；1950年赴朝鲜前线；1958年后，从事外事工作。"文革"期间，杨朔受到错误批斗，绝望自杀。代表作有《月黑夜》《大旗》等短篇小说集，《红石山》《北线》等中篇小说，以及反映抗美援朝生活的长篇小说《三千里江山》等。

【关于作品】

《月黑夜》写于1942年，原载于1942年12月《解放日报》。自1942年至1945年抗战胜利，敌我之间"扫荡"与反"扫荡"反复进行，民族矛盾异常尖锐。杨朔在《解放日报》等报刊连续发表了四篇短篇小说，其中包括《月黑夜》。这些小说刻画了陕甘宁边区人们的生活和抗日战争情况，在当时产生了较大的影响。《月黑夜》讲述了八路军军队夜宿在老乡庆爷爷的家里，得到了他的很多帮助，可是善良淳朴的庆爷爷后来被敌人杀害的故事。小说气氛悲伤沉郁，塑造了庆爷爷善良、深明大义的形象，表现了军民一家亲，以及老百姓们对八路军的爱护，同时也从侧面表现了战争的无情残酷和敌人的残暴。小说的文笔细致，人物形象生动，情节曲折，对景色的描写细致入微，情景交融。杨朔的语言有古典文学韵味，笔墨简洁，文字优美流畅，善于用景色来渲染氛围，读起来余味无穷、气韵绵长。

秋头夏尾，天气动不动就变颜变色地阴起来，闹一场大风大雨。在这样风雨的黑夜，最惯于夜行的人也会弄得迷失方向。

李排长不是个怯懦的人。虽然在惊天动地的大战争中，他依旧笔直地梗着脖子，挺起胸脯，不慌不忙地同敌人周旋。但在这样的大自然所掀起的情况中，他带领一班骑兵转来转去，却终于疑惑地勒住了马。最初，他还企图凭着自己的智慧辨清道路。可是夜空不见指路的大熊星，四周又是黑乎乎的平原。电光偶尔一闪，照见的只是狂乱地摆动在大风中的庄稼。不见一棵树木，可以供他摸摸阴面阳面的树皮；不见一块岩石，可以供他探探背阴处的苔藓；更不见一座朝南开门的土地庙。黑暗形成一所无情的监狱，把李排长一群人牢牢地禁锢起来。

身背后，一个骑兵对他大声嘶喊道：

"俺看该往左手拐……"

一阵急风暴雨劫走这个人下边的话，不知抛到哪里去了。

李排长掉过头，也喊道：

"上来，杨香武……你路熟吗？"

杨香武抖抖马嚼子，把马带上前去，用手遮着嘴，继续张大嘴喊：

"要熟就好啦！你想想看，咱们刚出发的时候，西南风不是正对着左腮帮子吹吗？这会儿风没变，倒吹起后脊梁来，咱们准是错往东北岔下去啦。"

杨香武不等对方答话，怪洒脱地把马头扯向西北方，用手中的柳条鞭鞭马屁股，先自走了。后边的马队紧跟着他，一匹连着一匹。杨香武不管有路无路，只朝前走。一会儿马蹄子陷进泥沟，一会儿闯进棉花地，一会儿又插着高粱棵子乱走。风雨的势头不但不减，反倒更加蛮横。他们每个人的军衣都淋透了，冷冰冰地贴在身上，冻得他们打着寒战。西南风夹着大雨点，狂怒似的呼啸着，越吹越紧，把马的脚步都吹得摇摇晃晃的。但是这群畜生反而更有精神，四只蹄子趟着田野的积水，吃力地拔着泥腿，半步也不差错。

前边不远，忽然亮起几团银白色的灯光，东一个，西一个，互相照耀着，仿佛有人在用灯光打什么暗语。李排长的心头疑惑起来。他们已经走进敌区，据点绝不会远，像这样的方向不清，道路不熟，或许会跑到据点附近，滚入敌人的罗网。这次，他接到冀南军区司令部的命令，派他到澄阳河北岸取回一包从前反"扫荡"时坚壁的重要文件。这是个艰难的使命。他需要带着这一小队轻骑兵，通过几道封锁线，才能到达指定的地点。今夜正准备偷过滏阳河。如今是夏涝的季节，河水涨得又深又宽，过河的路子只有一座离据点极近的板桥，只要差池半点，便会发生天大的不幸。他必须分外谨慎，于是喊住杨香武说：

"别再瞎赶啦。天这样黑，又下大雨，横竖摸不过河，不如先到前边那个有灯的村避避雨再讲。"

杨香武粗鲁地反驳道：

"真是好主意！你敢保那不是据点？"

李排长不耐烦地摇摇头：

"你就会讲怪话！那是联庄会，一到刮风下雨的晚晌，个个村都打起灯笼守夜，害怕土匪趁着月黑头打劫。——尽管去好啦，好歹有我做主。"

于是，这一支小小的人马冒着风雨，朝眼前的灯火扑去。

绕着村庄是一圈结实的圩墙。他们摸索许久才来到一座铁栅门前。门落锁了，紧紧地关着。村里黑洞洞的，先前的灯光倒不见了。他们都从马背跨下来，脚踏到水洼里，扑哧扑哧地溅着水花。一个人一开腔，几个人随着高声叫道：

"老乡，开开门！"

铁门后闪着一个人影，只听他问道：

"嗳，干什么？"

李排长推开杨香武，接嘴说：

"我们是八路军，想进村躲躲雨。"

门里支支吾吾地答道：

"哎呀……没有钥匙，怎么开门？"

李排长催促说："费点心，找钥匙去吧，都是自己人，不用害怕。"

门里人就朝后高声问道："嗳，我说，你知道谁拿着钥匙吗？"

另一个农民应声从更屋走出来，手里提着一盏马灯，头上戴着一顶大草帽子。他走到门前，擎起灯，向门外端量几眼。灯光穿过栅门的栏杆，首先落到李排长的身上。李排长的两脚插在烂泥里，浑身湿淋淋地就像刚从水里爬出来。但他还像平日那样挺起前胸，很有威严地直立在大雨底下。他的眼受到光亮的刺激，颤动着眯缝起来，栅门栏杆的影子照到他棕色的长脸上，掩盖住他满脸的浅麻子。

新来的农民点点头，说了一声："你们候一会儿，我叫村长去。"就和先前那个农民一起走了。

风已经落下去，雨还像瀑布一般倾泻。李排长一群人全像石头似的等在那里，不动，也不说话。偶然间，一匹马很响地摇着身子，抖去身上的雨水，另外几匹也照样摇起来，马镫互相撞得乱响。杨香武等得不耐烦，就嘟嘟囔囔地骂。李排长忍不住皱起眉头：

"你怎么老不改这些坏习气？不是讲怪话，就是破坏纪律，简直不配当班长。"

李排长其实很喜欢杨香武。这个人心直口快，事情总抢着做，从来不会藏奸。就是有些坏毛病，需慢慢地纠正。杨香武并不是他的真名。一般人看他说话急，举动快，总像猴子似的不肯安静，便用《彭公案》中这个近乎丑角的人物来取笑他，久而久之，倒没有人叫他的真姓名了。他耳朵听着李排长的话，肚子里很不服气，冷冷地想："等着吧，这两个老百姓能回来才怪！"

可是两个农民到底回来了，而且多出几个人，又添了一盏马灯。当头的是个五十岁左右的老人。那老人擎着油伞，对门外打着问讯，一面把灯举得头那样高，细细地察看外边的人马。他的面貌倒先显现出来：一张古铜色的脸膛，满顶花白头发。

李排长惊讶地叫出声来："这不是庆爷爷吗？你认不认识我啦？"

说着，用手抹去脸上的雨水。

老头子张着没有胡须的嘴巴，定睛注视李排长一会儿，醒悟似的叫道：

"哦，我认识你啦！人上点年纪，记性坏，只是记不起你姓什么啦。"

他又回头对那几个农民说："赶快开开门吧！"

这个巧遇，一瞬间使李排长十分兴奋，以为逢见旧人，暂时算是寻到归宿。但他立刻又十二分担忧。还是两年以前，他曾经在这一带活动过。那时，国民党的军队早已经逃光，土匪像春天的野草，遍地生长起来，人民正忙着成立联庄会。八路军初来，到处便被人当作天兵天将一样看待。庆爷爷对他们却很淡漠。这个老头子终生遭遇太多的苦难，变得犹如狐狸一般多疑。一次，李排长对他谈抗日的大道理，他却白瞪着眼，不关心地搔着前胸，最后才有一搭没一搭地说：

"咱老啦，听的见的够多了，这些新道理也不想懂。当老百姓的只图过个太平日子，谁坐江山给谁纳粮，哪管得了许多闲事。"

以后，滏阳河边设立据点，这一带变成敌区，两年以来，谁知道庆爷爷转变成怎样个人。李排长牵着马和他并肩走过泥泞的街道，灯影里，留心窥察他的脸色。庆爷爷的发丝有些全白了，脸上的皮肉显得更松，但是身板骨不弯，腰脚仍然健壮。他的容貌很淳朴，寻不见一丝狡诈的神情。

庆爷爷领李排长走进一座破旧的祠堂，指点他将马拴好，引他迈进屋子，然后放下伞，把灯搁在神主台上，张眼望了望空空洞洞的四壁，不安地笑着说：

"同志们将就着睡一夜吧，天气太晚，谁家的门也不容易叫得开。我已经告诉他们拿几张箔来，铺在地下睡不潮湿。你们吃了饭没有？"

李排长解着身上的武装，一面对他说人马都饱了。

骑兵们有的把马拴到廊檐底下，有的牵进两侧的厢房，陆陆续续地走进祠堂。他们一跨进门，立时忙着卸马枪，解子弹袋，把衣服脱下来拧着水，又用这些衣服把枪身擦干净。一壁厢，他们对村公所的人问：

"有柴火没有？抱些来咱们烤烤衣裳。"

打喷嚏的声音响起来，当中还夹杂着对天的咒骂。

李排长注意地询问庆爷爷道：

"这里离据点多远？"

庆爷爷举起双手，伸开十只手指头答：

"说是十里，其实不上八里。"

"离滏阳河呢？"

"也就是个四五里。"

"日本人常到这里来吗？"

"三日两头，断不了来，一来就要吃的、喝的，糟蹋死人了！"庆爷爷说着，把身子向前探了探，问，"同志，你们要过河吧？看样子，今晚晌雨不会停，恐怕过不去了。"

李排长不答。他把手搭到庆爷爷的肩膀上，眼睛直盯着对方的脸，半真半假地微笑着说：

"咱们来到这，你可别张扬，要是有个一差二错，我依你，我的枪子可不依你。"

庆爷爷的古铜色脸膛涨得如同红铜，愣了半晌才说：

"同志，这是什么话？我老头子当了几年村长，时常也有些同志打这过，从来没有出过乱子。不信你买四两棉花纺（访）一纺（访），咱老庆到底是个什么人？"

李排长看他这样认真，觉得自己的话太重。他原是试探对方，于今激起这大的反响，心里倒满意。他把话锋一转，索性开起玩笑来：

"算啦，说着玩罢了。我看你的村长当得倒满牢，好像屁股抹了胶，粘上就不动。"

老头子却烦闷地叹了口粗气：

"干是早干腻啦！不过咱们这里不讲究选村长，谁的年纪高，辈行大，再会办办事，就抓住谁当。成天吃力不讨好，一不经心，说不定脑袋就会搬家。"

箔已经拿来几张，靠墙壁竖着，预备众人睡时再铺。一个农民抱进几捆干谷草，抛到地当心。火立刻点起来，呼呼地烧着，驱散祠堂里浮荡着的潮气。骑兵们绕着火围拢成一个圆圈，烧烤着衣服和鞋子。大把的谷草不停地朝火堆上加，有时将火苗压灭，冒出一阵苦味的青烟。人们便被熏得流下眼泪，或者呛得嗓子眼热辣辣的，打着干咳嗽。

杨香武脱下湿衣服来。他的脑顶尖尖的，高颧骨，两颊深深地凹下，嘴巴却向上卷着。他用两手抓着军衣，翻来覆去地烤，头偏向一边，细眯着一对眼睛，避开火堆里飘浮上来的轻烟。

李排长从一边投过话来：

"哨放出去没有？"

杨香武眼睛望着跳跃的火焰，头也不抬地答：

"村公所说有联庄会打更，不用咱再放哨啦。"

他的神情很得意，仿佛一切事都早办妥，不用旁人多费心思。可是李排长不满意地摇了摇头：

"不行，快放两个哨。——村的两头一头一个。"

庆爷爷打着呵欠，赞同地点点脑袋。

"对！联庄会本来不大认真。先前是防土匪，现今没有土匪，日本人硬指八路军是土匪，遇到这样天气，就叫打更，有八路军来还叫开枪。其实要真来了，老百姓才烧高香呢！"

庆爷爷提起马灯，撑开油伞，对大家招呼道：

"同志们该乏了，早些睡吧。我去叫他们明天清早给你们预备面条吃。"

祠堂外的雨声比较缓和，但是不紧不慢的，更不容易晴。灯一走，大团的黑影溜进祠堂的角落。地心的柴草烧得更旺，四壁颤动着巨大的人影。

第二天，雨停了，低空残剩着灰暗的乏云。这支骑兵潜伏在村中，犹如一群大鱼不小心游进浅水湾子，乖觉地隐藏在水草底下，不敢轻易活动。白天，当然不能过河，退回昨天出发的地方，来往将近一百里，人马过分疲劳，今夜的长行军将更艰难。李排长吩咐众人把马一律备好再上槽，多喂草料，人也收拾停当，不许擅自离开。只要风声一变，他们可以立时向后撤走。更把消息封锁了，不许一个人出村，外来的人便扣住不放。

外表看来，李排长的态度十分镇静，心头却比谁都更不安。这儿距离据点太近了，站在村边，就能够望见敌人新修的白色营房。敌人随时都会扑来，斗争随时都会展开。对于庆爷爷，李排

长的怀疑却早像春冰似的融化得无影无踪了。适才，老头子陪他
到村边观察地形。田野经过夜来的雨洗，庄稼饱润地举起头来，
颜色又浓又绿。大麻长得高过人头，张开巴掌大的叶子，把满地
棉花一比，就显得痴肥。李排长奇怪这一带不多见谷子高粱。老
头子紧一紧裤腰带，气愤愤地骂：

"人家还得叫种？不是逼着种大烟，就是逼着种棉花，官价定得
又低，卖的钱还不够买粮吃，简直是活遭罪！人家就不拿你当人看，
千说万说，只有你们才真是老百姓的救星——我现今看清楚了。"

饭后，李排长又到村头察看一番，叮咛哨兵要格外留心，然
后转到村公所，躺上炕，合上眼睡去。门上没挂竹帘，大群的蝇
子飞进屋子，讨厌地叮着他的脸。他从身边扯出手巾，蒙着脸，
许久许久，才沉到蒙眬的状态中……

一会儿，他迷迷糊糊地听到有人在耳边叫喊，陡地醒了过来，
揭开毛巾，睁开眼，看见杨香武站在炕前。

杨香武说："刚刚哨兵来报告，说是敌人好像要出击。"

李排长一骨碌爬起身，跳下炕来。现在，他倒很沉着。他吩
咐骑兵火速集合，一边跨着快步朝村头走去。杨香武急急地摆动
双手，追随着他。

放哨的骑兵隐身在一棵老榆树后，瞧见他们，紧张地招招手，
待他们走近，便指点着前边，压低嗓音说道：

"你瞧，敌人好像正集合呢。"

平原上，一个人站得略高，便可以望出去十几里地开阔。夏
秋的时候，高秆农作物还能隐住村庄，但在这里，多半是大片的
棉田，遮不断人的视线。李排长梗着脖颈，用两手搭着凉棚，直
直地朝前盯视。据点前边，隐约地显出一些小小的黑点，飞快地

移动，好像人们奔跑着集合。不过小黑点移动的方向十分古怪：忽而没入庄稼地，忽而出现在通达本村的道路上，最终沿着这条道跑下来。

杨香武瞪着眼，冒冒失失地推了李排长一把，焦急地道：

"这不是来了吗？"

李排长并不搭理他，暗暗寻思着。敌人如果出击，差不多总是使用汽车，于今仅有六七个小黑点，无秩序地乱窜，事情倒有些蹊跷。情况不弄清楚，他绝不肯望风捕影地蠢动，于是眨眨眼说：

"你们谁到前边侦察侦察……"

杨香武不等他说完，答应一声"俺去"，提着枪走进麻地，麻叶一阵摇摆，他便不见影了。

耳边传来急匆匆的脚步声，李排长侧转脸，看见庆爷爷赶来。老人家光着膀子，肩头搭着件紫花布小褂，右手摇着一把大蒲扇。庆爷爷赶到近前，竖起脚尖，用蒲扇遮着眼，一边瞭望据点，一边不安心地问：

"怎么，鬼子是要出来吗？"

他又望望天，差不多半头晌了。大块的灰云不停地流动，时时将太阳遮住。庆爷爷继续说：

"鬼子每回出来，正是这时候。依我的笨主意，你们不如向后退退……我催同志们走，可不是怕受连累……你要信得过，今晚响咱老庆保送你们过河，看咱怕他个鸟！"

杨香武一头骂，一头走出麻地，鞋底拖着很厚的烂泥，裹腿和鞋子溅满泥水的污点。

他把枪把子朝地面一顿，狠狠地骂：

"真他妈败兴!"

李排长直盯着他的面门问:"到底怎么回事?"

杨香武哼着鼻孔道:"哼,不知哪个王八蛋的牛跑了,老乡在捉牛。"

听的人都笑了。

火轮般大的太阳沉落后,暮色苍苍茫茫地袭来,李排长的心境却相反地晴朗起来。

他不再担心敌人的侵扰。过河的事,庆爷爷一手包揽,预先便把事情铺排妥当。不走桥,而用船渡。但想安全地突过这道封锁线,并不是轻而易举的事。只要走漏一些儿消息,敌人绝不肯轻轻地放过。

李排长从腰里掏出粮票草票等,要算还这一天人马的吃食费用。庆爷爷推开他的手,再三地拒绝。李排长豁然醒悟了:这是敌区,如何能用粮票,便要付钱。老头子笑道:

"嘿,你想错啦。咱们照样缴公粮,连据点还有人甘心情愿偷着送呢。咱是想,同志们轻易不来一趟,吃点饭还不是应该的。"

结果,李排长还是把粮票等付清了。

二更天光景,大地睡去了。生长在大地胸膛上的人们却展开保卫土地的活动。庆爷爷一定要亲身送他们渡河。李排长以为他的年纪高,深夜露水很重,怕他遭受风寒,百般阻止他。老人更加不肯。庆爷爷惯常倚老卖老,假若旁人说他老时,他可绝不服气。他会握紧拳头,伸直强壮的右胳膊,瞪着眼说:

"别瞧咱老,五六十斤的小伙子叫他坠着打提溜,还不算事!"

渡河的地方离据点仅仅十来里路,隐隐地可以望见那边的灯火。李排长一群人到达河边时,庆爷爷早就派来一些农民等候着。

堤上放着两盏马灯，照见那些汉子都脱得赤条条的，有的叉着腰站着，有的无意识地搓着胸膛上的灰垢，也有人很响地拍着大腿。

杨香武低声叫道："吹灭灯！还怕敌人看不见？"

一个农民却很大意地答："不怕，鬼子黑夜从来不动。"随手只把灯苗捻小。

滏阳河平静地流着，很黑，很深，水面闪着一层油光。两岸十分静悄，只听见各色各样的虫叫。

庆爷爷走近一个汉子，小声问："船还没有来吗？"

这时，下游响起缓缓的水声，河面推过来纤细的波纹。不久，一只小船轻飘飘地傍岸泊下。这是庆爷爷那个村的一条小渔船。敌人封锁滏阳河时，曾经尽量把农民的大小船只搜集到一堆，点一把火烧成灰烬。庆爷爷他们事前将小船摇到水草深处，装满泥土，把船沉到水底下，这才不曾毁坏。今天夜晚，庆爷爷派来一部分农民先把船里的泥土用铁锹挖掘干净，从河底捞起船来，又洗刷一番，依旧变成一只轻快的艇子。船既然小，所以只能渡人。庆爷爷用商量的口气对李排长说：

"头口顶好卸下鞍子，叫他们给拉过去。"

骑兵脱离鞍子，就像海螺跑出甲壳，失去机动的能力。但又没有更完善的办法，只好冒险。李排长叮嘱每个人要携带着自己的一套马具过河，不许杂乱地堆在一起。这样，即使情况突然转变，急切间还可以备马，不至于乱成一团。李排长动手解马肚带时，警惕地朝据点里望了几眼。那隐隐的灯火还没熄灭，犹如几只狡猾的魔眼，亮晶晶地穿过漆黑的大野，窥探这边的动作。

杨香武手脚利落地把马卸光，交给一个农民，那人跳下河去，使劲地拉着缰绳，但是马昂起头来，屁股只是向后偎，不肯下水。

一个矮汉子操起一把铁锹，对准马屁股重重地一击，马又痛又惊，"扑通"地跳进水去，激起很大的波浪。

杨香武生气道："你怎么不顾死活地打！"

另有谁的一匹马也怕水，挣着缰绳要朝后跑，把牵牲口的农民带了个跟头。杨香武抬起脚，狠命地踢着马肚子骂：

"你还敢调皮！"

他又东跑西跑，帮助农民把马匹都赶下河去，才来整顿自己的鞍子。马生来便识水性，一个个在浪花里摇动着身子，农民就全爬上马背，低声吆喝着，一同浮到对岸。骑兵各抱着鞍带，争着上船。先摆过五六个去，李排长和杨香武全等第二批再渡。庆爷爷打着一盏灯走来，轻声地咳嗽着，一面亲热地说：

"你们走啦？回头可来呀！"

李排长从心里感激地说："就是太麻烦你老人家啦。"

小船摆过来，第二批人也渡过河去。一袋烟的工夫，这支骑兵便重新备好马，坐上马背。李排长转过头，望见庆爷爷还站在河对岸，不知对农民指挥着什么。古铜色的脸膛，花白头发，依稀地映着灯光，显出的不是老迈的神情，而是充满生命力的青春气概。李排长用两腿把马一夹，领着头跑起来，急急地要脱离这危险的境地。他们跑出将近二里路，后边忽然传来爆炸的声响。杨香武低声嘲笑道：

"敌人出击了不成？马后炮，吓唬谁，横竖追不上老子啦。"

李排长用缰绳鞭着马，更紧地催促马奔跑；马便放开腿，领着后边的马群，一阵风似的驰向茫茫的黑夜。北极星正挂在他们的对面。

半个月后，这队人完成任务，果然转回来了。他们平安地偷过那座离据点极近的板桥，赶到庆爷爷庄上时，约莫将近半夜。四十里路的急行军，每人的喉咙都有些干燥。李排长决定在这里歇息一刻，喝点水，然后再走。他们不费事地叫开栅栏门，把马缆在街上，一齐走进村公所。上宿的农民都起来，敞着怀，趿着鞋，对待老朋友似的招呼他们，但是精神带着点不自然。

杨香武一只脚踏着凳子，两手玩弄着他惯用的柳条鞭子，眨着眼问："庆爷爷哪去啦？"

一个农民苦涩地答："死啦！"

每个骑兵都睁大眼，李排长的脸露出更大的惊异。他想：老人家真像熟透的瓜，说死就死，只是不知道怎么死的。不待他问，那个农民接下去说：

"那天黑夜送同志们走后，他老人家也就送了命！"

李排长懊悔地叹口气说："嗐，我叫他不送，他偏要送！老年人怎么禁得起冒风犯露的？那天黑夜我就听见他咳嗽，恐怕他要害病……"

但是农民打断他的话道："他不是得病死的……"

老人是这样遇到他的不幸：

那天夜晚，骑兵渡过河去，庆爷爷正吩咐大家把小船拉到原地藏匿起来，几个人亮着电筒，从他身后走过来。冲着电光，庆爷爷辨不清来人的面貌，但见穿着军衣，心想是李排长一伙人，就焦急地道："你们怎么还没过去？"

当头的一个人粗声说："我们来晚了吗？他们过去多大时候啦？"

庆爷爷说："刚刚才听不见马蹄子响。"

说着，他提高声音，急忙对河里叫："伙计，船别拉走，还有几个同志要过河去。"那几个人看见船拢近岸，且不上去，却各从腰间掏出一个甜瓜似的圆东西，朝着船抛去。河面红光一闪，响起巨大的爆炸声音，就在这一霎间，小船碎成几块，拉船的几个农民喊都没喊一声，跌进水里，残断的身子在水面转了转，沉下底去。另外十来个兵即刻从夜色里拥出来，把岸上的农民包围在中间。灯光映亮他们的全身，每个人脖子上都显出红色或者白色的领章。

庆爷爷木头似的定在那儿，疑心是在做梦。但绝不是梦。当头的那个人早跨上前来，一把抓住他的前襟，拖着就走，嘴里还骂道："老王八盖子，我领你见阎王爷去！"

庆爷爷叫敌人抓去后，好几天没有音信，后来才听说被敌人挑死了……

农民说完这段事情，又补充道："都怪咱们太大意，河边的灯点得明晃晃的，人家用千里眼照一照，什么东西看不见？"

全场的人都哀默着，说不出话。桌上，洋油灯的灯苗颤动起来，光亮一时变得很暗淡。灯影里，老人的形象似乎又出现了：古铜色的脸膛，满顶花白头发。他的人虽然死了，他的形象却更清晰、更高大，活生生地刻印在李排长的心中、杨香武的心中，以及每个骑兵的心中。

带着这个形象，当骑兵们再投向漆黑无边的夜色时，每人都具有一种新的力量。这力量刺激他们，使他们急切想撕破夜色，把头高举到天外，从那里，他们可以看见另一个崭新的世界。

太阳医生

白刃

【关于作家】

白刃（1918—2016），福建泉州人，本名王寄生，笔名王爽、蓝默，现当代作家。他的笔名"白刃"来自随八路军在鲁南白彦和鬼子拼杀的经历。1936年开始发表作品；1949年加入中国作家协会，著有《战斗到明天》（上、下集）《南洋漂流记》《白刃小说选》《白刃剧作选》，诗集《野草集》，话剧剧本《兵临城下》，战斗通讯文章《无敌英雄》，传记文学《罗荣桓元帅纪事》等。

【关于作品】

《太阳医生》创作于1948年平津前线，原载于1949年9月3日《进步日报》。小说描写了七连有名的"太阳医生"。他19岁离开家庭，加入革命。参军不到一月就参加了四平保卫战。在党的培养下，他学习了卫生员的卫生知识，思想上取得了进步，因此从卫生队毕业回连后，积极在连里普及卫生知识，同时在战场上包扎伤员、救死扶伤。在一场激烈的战斗中，身为医生的他勇敢地与敌人搏斗。小说写于战争前线，因此最直观生动地描写了战场的激烈与残酷。小说以卫生员的视角出发，从卫生医疗的角度展示了战场上的情况，语言质朴，描写生动，歌颂了战士们的英勇无畏精神和互帮互助情结。

一

激烈的炮火打过以后，平原上又显得难堪的沉寂，只有晌午的秋风，飘着唰唰的落叶，如果没有周围的火药味，没有隐约还可以听见的嗡嗡飞机声，谁相信这是经过一天一夜血战的战场？谁相信这是阻止敌人增援县城的重要阵地？

沉寂是大战的序幕，有经验的战士，都讨厌这种沉寂。

卫生员苏明，趁着这战争的空隙，紧张地给伤员包扎。当他正给第六个伤员包扎的时候，忽然想到："这样多伤员，大白天，想通过坟茔地后面那块开阔地抬下去是办不到的！敌人侧翼的炮火，正封锁着那里。"他不自觉地又望一下太阳，太阳从正南面，通过高大的柏树空子，射进眩目眼睛的光芒。

"讨厌的太阳，老是在南面！"卫生员苏明嘟囔了一句。

"太阳是不要钱的医生，它能治百病。"大腿上负伤的五班长，头一次听见卫生员也讨厌太阳，便学着卫生员平日的口头禅说。

卫生员苏明转过头来，看了五班长一眼，心想："这家伙真行，大腿叫炮弹皮炸得这样，还开我的玩笑呢？"于是笑着对他说："五班长，今天算你抓住洋理——这样包不疼吗？"

"共产党员挂这一点花就怕疼，还算什么硬骨头。"五班长正经地说了，又和苏明开起玩笑，"这点伤，医院都不用进，晒晒太阳就好了！"

苏明不禁扑哧一笑，故意停止包扎说道："好，用不着包扎，让你晒晒太阳。"

苏明是七连有名的"太阳医生"。一九四六年三月间，革命的风暴，使这个十九岁的年青人，离开了家庭，走入革命的行列。参军不到一个月，就参加了名闻世界的四平保卫战。那时七连以无比的顽强，英勇抗击蒋匪新一军的疯狂进攻，获得了"钢七连"的光荣称号，残酷的战斗，使苏明暴露出动摇与恐惧。部队退到松花江北，苏明几次要求到后方工作，都受了严厉的批评。后来上级调人受卫生员训练，苏明被派去受训。

在党的教养下，苏明不但学到了一些做卫生员的医学知识，思想上也进了一大步。参加共产党以后，政治上开展得更快，更加努力学习和积极工作。从卫生队毕业回连，不知跟哪位洋先生，学了个"太阳万能论"。练兵时，每个星期日，都到各班督促大家烫衣裳，晒被子。假若哪个懒家伙没有晒，他就帮他拿出去挂在绳子上，并且说：

"太阳是不要钱的医生，它能治百病，"或者说，"一个礼拜晒一次被子，不容易生病长疮。"

"我不信，"懒家伙说，"什么道理？"

"因为被子上的细菌都叫太阳给晒死了。"

"细菌是什么东西？"

"细菌是很小的虫子。"

"我的被子上只有跳蚤、虱子，从来也没有见到细菌。"

　　"细菌是眼睛看不见的！啊，同志，等打完蒋介石，让你上十年学，你就懂得什么是细菌。我没有闲工夫和你嚼舌头，我还得到别班去呢！"

　　有的同志害咳嗽病，苏明给点药面子，然后对他说："同志，有空多晒晒太阳，太阳会把你咳嗽治好的！"

　　连部的通讯员小张，最喜欢说俏皮话，他每天听见卫生员苏明满嘴离不开"太阳"，于是就给他编个小快板，并且到各班里唱开：

　　　　"苏明同志真吃香，
　　　　卫生队里留过洋，
　　　　回到连里当先生，
　　　　开口闭口是太阳。
　　　　咳嗽了，晒太阳；
　　　　肚子疼，晒太阳；
　　　　头疼发烧晒太阳。
　　　　太阳太阳不要钱，
　　　　卫生员节约称模范！"

　　苏明听见了，也不生气，只是笑笑，说道："小张，嘴是你的，爱怎么说就怎么说，要是舌头嚼烂了，找我上药，我先给你在脖子上打针'六〇六'，然后把舌头拉出来晒太阳。"

　　从此，苏明得了"太阳医生"的外号，这个外号，不但七连的同志全都知道，营部的医务所和团部的卫生队也都晓得。

二

苏明紧张地包扎完十一个伤员，汗珠一滴滴由额上流到下巴，浑身热痒痒的。脱下新棉袄，坐在坟堆后面擦着汗。抬头望着晴朗的天空，秋天的太阳，正发着最后的威力。

"往日，一霎眼就黑天，今天，上了半天药，太阳还在西南面。"苏明自言自语地埋怨太阳走得太慢，并没有意识到自己包扎得太紧张太快。

正北方向二十里外的枪炮声，越打越凶。苏明心里想："打进城里的部队，大概向敌人纵深总攻击了。"他转过头望着正北，城里被烧着的房子，正冒着一股浓烟。几架敌机在城空上打转，被一阵高射炮火打得越飞越高，怆怆地扔下几个炸弹，就不见了。

苏明的视线由远而近，望着营部阵地的那个小屯子，望着那片讨厌的开阔地，望着连部和三排的阵地，阵地上几棵大树，被炮弹劈断，露出白色的尖叉子。忽然望见两个人，顺着小坎子，躬着腰跑过来，慢慢的，苏明认得是潘连长和通讯员小张。

"卫生员，二排有几个伤员？"潘连长坐在苏明身边问。

"十一个，八个轻伤，三个重伤。"苏明毫不思考地回答，"都上好药了。重伤的放在后面那个大坟包工事里，轻伤员都不愿意去掩蔽，要坚持和敌人拼！"

潘连长点点头，望望那个所谓后面的大坟包，离前线阵地不过二十米远。

"牺牲了六个……二班长也牺牲了。"苏明的声音变得又慢又低沉。潘连长皱着眉头听着。他明白今天的任务是很艰巨的，敌人是蒋匪王牌军新一军，两个营的步兵，附着师的炮兵，正向自己的阵地猛攻。如果这个最主要的阵地被突破，整个战线都得受影响。四个师的敌人增援到城外，那么，城里正在进行纵深战斗的我军，就不能顺利解决战斗。这种经验教训，潘连长是很丰富的。从出关以后，三年来，这个师差不多都是打野战，而且大部分时候是打援。

潘连长低头沉思一下，猛抬头对通讯员小张说：

"叫二排副来！"

小张爬到前面去，卫生员苏明忽然问道：

"连长，为什么上级老叫咱们打援，不让咱们攻坚呢？"

连长对这个突然的问题，觉得不好回答，苦笑一下说道："因为咱们运动战打得好，所以上级才给这个任务。"

"我看上级有点偏心眼，"苏明有点埋怨，"上级瞧不起咱们，不叫主攻。打运动战天天跑路，又没有什么缴获。"苏明一提起跑路，就想起每次行军时，战士们脚上的大血泡和大水泡。

"苏明，你怎么埋怨上级？"潘连长自己也有这种不正确的想头，但他不能不对下级做解释："打援不见得比攻坚次要，没有打援部队，攻城部队就不能胜利。咱们'钢七连'的光荣称号，不就是打援打出来的？说没有缴获，也不见得，只要打得好……"

话没说完，二排副已经跟着小张爬过来了。

"二排副！"潘连长严肃地说，"敌人两次进攻失败了，但马上就会来第三次。没有命令，打剩下一个也要拼到底！号召同志们，发扬咱们钢七连的硬骨头作风！"

"对！"二排副也严肃地回答。然后问道："没有旁的事吗？"

"没有。"

二排副正要爬回去，潘连长又喊住他说道：

"告诉战士们，坚持到天黑，攻城部队就能解决敌人……还有，那八个轻伤不下火线的同志，要表扬一下。我上一排前面去看看，有事情找指导员副连长，连的指挥所就在左面那个洼地。"

潘连长说完，正要和通讯员爬向那最突出的一排阵地，嗖嗖的炮弹从空中落下来，敌人第三次总攻击开始了，唯一可以通一排阵地的那条浅沟，已经布满了弹坑。潘连长不得不改变计划，指挥二排作战。

三

炮弹一个一个地飞过来，有时候两三个同时在坟茔地上开花，在空中碰着柏树的炮弹，把树干劈断，树枝树叶铺满了坟茔地。

潘连长站在阵地前沿一个坟包旁边，望远镜里望着正在运动的敌人，有一股蒋匪顺着一条小沟向我们阵地接近。

"叫机枪班长，把那两挺轻机枪，封锁独立树右边那条小沟！"潘连长对通讯员小张说。

小张刚要爬过去，轰的一声，一颗炮弹落在坟包前面，被炸起的沙土落在小张的身上。他抬起头望望连长，潘连长身上脸上净是沙土，但他还像铁人一样地屹立着，扶着望远镜的一只手，正滴着鲜血。

"连长！隐蔽一点！"小张着急地喊。

潘连长理也不理，两只虎眼正从望远镜里，望着三个五个前进的敌人。

轰隆隆！一颗野炮弹落在不远的地方，巨大的响声把小张的耳朵震得嗡嗡响，小张爬出几步，用袖子擦一下脸上的沙土，回头望一下连长，潘连长还和刚才一样，像石头菩萨一样直立着，头上的帽子，被炮弹的碎片打掉。

"连长！连长！"小张着急地喊，"你掩蔽一点吧！"

潘连长镇静地移下望远镜，他明白小张的好意，但在这种情况下，他知道一个指挥员的沉着，能起多大作用，于是他转过头来对小张喊道：

"你还在这里干什么？快完成你的任务去！"

小张爬到机枪班长身边，传达了连长的命令，他看见卫生员苏明正忙着给一个弹药手包扎伤口。

"太阳——"小张原想喊"太阳医生"，马上想到现在不是开玩笑的时候，便改变口气说，"卫生员，等一下给连长上药。"

"连长负伤了？"苏明问。

"手上叫炮弹皮擦破。"

"等一下，这边还有三个重伤的！"

这时候，敌人狂风急雨似的轻重机枪，代替了震耳的炮声，战士们都知道，敌人的冲锋马上就要来了！

"准备好刺刀手榴弹！坚决把敌人打下去！"连长的命令一个一个地往下传，刚传到卫生员苏明，在他身边的歪把子轻机枪"咯咯咯咯咯咯咯……"地怒吼了。

苏明停止了包扎，抓起重伤员的一条"三八式"步枪，开始向冲锋的敌人射击。他看见五十米以外的敌人，刚从小沟子爬上小坎子，就叫我们歪把子机枪的交叉火力射倒。敌人还硬着头皮地上，倒了一批又上来一批，直到打倒了几十个，后面的敌人才抱着头缩回去。

忽然从左后面嗷嗷叫地冲上来一股敌人，已经离二排阵地五十多米远了。这是潘连长想象不到的，原来这股敌人假装向三排阵地进攻，中途又折向二排的左后侧，这是我们火力薄弱的地方，连长急忙调了一挺机枪过来，自己也冒着弹雨跑过去。

潘连长跑到左后侧，看见苏明和几个战士，已经跑在他前头，开始射击敌人了。

歪把子机枪向着嗷嗷叫的敌人扫射，一大片敌人被打倒，其余的敌人仍然密集地冲上来！正面沟里的敌人也配合着向前攻！

一阵接一阵的手榴弹，把蒋匪打得东倒西歪，四散爬下。十几个不怕死的家伙，端着刺刀冲上来，当头一个大高个，已经冲到离我们机枪阵地十几步，潘连长端着驳壳枪，"啪啪啪"地打了三枪，没打着。我们一个战士跳出工事，和敌人拼起刺刀。两个人一进一退地肉搏，潘连长眼看我们这个战士吃不住，自己又不敢打枪，怕打着自己人，正有点着急，忽然看见卫生员苏明也端着刺刀冲上去。

苏明眼睛冒着火星，端着"六五"刺刀，趁着大个子敌人没有准备，猛一刀捅到敌人的背上，那家伙怪叫一声，鲜血跟着拔出来的刺刀喷射出来。苏明杀得眼红，又和另一个敌人搏斗。

这个敌人看见他的伙伴被刺倒，心里一慌，转身就跑。苏明猛追上去，跳上两步，一刀刺中敌人的屁股。敌人跌在地上，翻个身想爬起来，苏明照着他的胸脯又是一刀。

跟在后面的敌人，被苏明这种勇猛，个个吓得傻了眼，当头一个转身就跑，腚后跟着的也向后转跑，跑得比兔子还快，但怎样也没有子弹飞得快，苏明"叭咕叭咕"地打倒了两个敌人，其余的都在我们机枪下，做了替蒋介石卖命的枉死鬼。

潘连长站在阵地前沿，长长地吐了一口气，望着一边不断用袖子擦着汗珠，一边向他走来的卫生员。朝他走来的，仿佛不是小个子苏明，而像古书上说的身材魁伟的英雄豪杰。脑子里不禁闪出前年四平战斗以后，那个老想上后方的苏明。仅仅两年的时间，由怕死鬼变成一个勇敢的英雄。"共产党真是一个大熔炉，能把废铁炼成钢！"想着想着，苏明已经站在眼前。连长很自然地伸出被炮弹皮擦伤的左手，紧握着苏明的手。热汗从苏明手上，流到连长的手心。

哦！连长手上的伤口还没有上药呢！苏明急忙从挂包里掏出"二百二"和雪白的纱布。

四

潘连长和小张，爬向一排阵地前对苏明说：

"卫生员，二排的伤员包扎完了，马上到一排来！"

苏明紧张地上完药，和同志们把牺牲的抬在一起。他擦着额角的汗珠，沉着可怕的脸。他算了一下，能够作战的，连轻伤员在一起，只有十三个人。

"副排长，"苏明对臂上挂轻花的二排副说，"我到一排去给伤员上药，请记住连长的话，拼到一个人，也要守住阵地！"

"放心吧，太阳医生。"二排副开了句玩笑，便严肃地说，"请告诉连长，二排的同志绝不充孬种！不会给钢七连丢脸！"

苏明在浅沟里爬动，爬出不远，忽然"轰隆"一声，在前方二十米远的地方，落下一颗炮弹，碎片带着响声飞过头上，苏明不自觉地把头贴在地面，鼻子碰着泥土。爬过被炮弹炸过的地方，火药的气息，呛得鼻孔又辣又痒。爬了二百多米远，已经弄得浑身泥土和满头大汗了。这并不能说苏明怕死，他心里正在想："我死了算什么？一排伤员们还等我上药呢！"

轰！轰！轰！接连三个炮弹，都落在不远的地方，飞起来的泥土，落在苏明身上，一团团的黑烟，遮住苏明的视线。

"糟糕！一定是我暴露目标了。"他坐在沟沿一个重迫击炮弹炸的弹坑里喘息，用手巾擦着脸上的泥土，揉揉飞进沙土的眼睛，睁眼一看，对面弹坑的斜面上，一群大蚂蚁正在乱跑。

"蚂蚁窝被炸掉了，"苏明马上想到许多从蒋管区跑出来的难民，一幅流离失所的图画，清楚地排在眼前，他咬着嘴唇对自己说："多少人民离开了家乡，多少人民失掉了爹娘，卖国贼蒋介石不消灭，老百姓就没有太平日子过！"

愤怒激动了他，他冒着炮弹片和火药烟，加快往前爬。一颗炮弹在后面开了花，苏明的左脚像被石头打了一样，他缩回左腿，用手一摸，鞋底被弹皮打掉，很奇怪，没有伤到脚，干脆，他把破鞋脱掉。

又爬了一会，一颗奇怪的炮弹落在跟前，声音并不很响，喷出来的火药，落在他的棉袄上，棉袄冒着烟，苏明在沟里滚了几下，才把身上的火弄灭。

一排的阵地上，流水般的机枪声，炒豆似的步枪声，一阵比一阵急。这时候他才明白，为什么敌人要封锁这条浅沟？原来敌人这次主攻方向是一排阵地，怕二排阵地上的队伍向一排增援。

"愚蠢的敌人呀！"苏明想，"你以为攻不下二排的阵地，那里一定有很大兵力！……几十发炮弹，连老子都没封锁得住！"

枪声响得越急，苏明爬得越快。爬到离一排一百多米远的时候，他竟站起来弯着腰猛跑。子弹噗嗤噗嗤地落在脚下。

五

一条不到一百米远，弯弯的小堤，堤上长着一堆一堆的柳条子，相隔不远的地方，便有一棵高大的柳树。

堤上挖着一个个的散兵工事和机枪掩体，里面正爬着绿色的勇士。堤的左面是一条一米多深的小河，炮弹沉寂的时候，还可以听见汩汩的流水声，这是我们天然的防线。堤的前面是一片洼地，后面是一小片荒甸子，上面长着稀疏的树木。

一排的战士，在昨天黎明以前，就在这荒甸上挖好各种工事，和蛇形的交通沟。他们就利用这些工事，打垮了敌人三次的冲锋，现在正艰苦地打击着敌人第四次的冲锋。

苏明跑到阵地后面，又重新爬下来前进。在一个大坑里，里面躺着三个重伤员，流血过多使他们脸色变得惨白，他们没有一个哼过一声，惊人的忍耐力说明他们无比顽强。其中一个下巴完全打碎了，苏明认得他是一班长。

苏明一个个给他们上完药，然后说道："同志们忍耐一下，敌人快打垮了，天黑一定把你们抬下去。"

爬过几个牺牲同志的遗尸，苏明不忍看他们。

走到堤后面，苏明看见阵地上只剩下八九个人，营部配备来的那挺九二重机枪，潘连长亲自在打，六〇炮只剩一个弹药手，还不断地发射。另外几个战士也都忙着射击。

苏明悄悄爬到连长身边，用绷带包扎连长受伤的小腿。连长只回过头望了一眼，又紧张地打他的重机枪。

敌人的炮弹，正照着我们的重机枪阵地猛打。一颗炮弹落在堤上，把连长和苏明摔倒，当他们爬起来，弹药手已经牺牲了。

连长叫卫生员充当临时的弹药手，准备继续打枪，糟了！机枪不响了。正在着急，敌人两颗炮弹又打在眼前。

"卫生员，帮我把重机枪扛到右面那棵大树后面。"连长说完，扛着枪身，卫生员扛着枪架，跑到大树后面。连长修理机枪，卫生员跑过来扛弹药箱子。

潘连长是个机枪射手出身的，忙了一身汗，经过七八分钟，重机枪又咆哮了。正在前进的敌人，被打倒了一大片。其余的敌人都爬着不敢动。很显然的，尝过我们厉害的敌人，这次进攻有点腿肚子弹三弦了。

九二重机枪刚打了四条子弹，敌人的炮又找上来了。一颗炮弹落在身旁。苏明只听见一声响雷，便觉得大地在旋转，身不由主地倒下去。大约五分钟以后，苏明醒过来，爬起来一看，潘连长躺在他身边，头上流着血，耳朵少了一只。

十几个敌人嗷嗷叫上来了。已经冲到洼地上，在这万分紧急的时候，苏明跳上去，抓住重机枪一搂，哗啦啦一阵子，把十几个敌人打光了。

通讯员小张打光了手榴弹，眼看冲锋的敌人打垮了，他跑到苏明这边来。

"你来得正好！"苏明说，"你看住重机枪，我背连长到后面上药。"说完，他背着连长往下走，敌人的炮弹又一个接一个地射过来。苏明急忙把连长放在一个不到一尺半深的小坑里，自己爬在他旁边，用急救包给他包扎，还没有包完，炮弹打得更凶，一出口就是两三个，差不多都落在不远的地方。

在这生与死的界线分不清的时候，苏明脑子忽然闪出一个念头：

"连长是咱们全师有名的英雄连长，是一个出色的指挥员，他活着，能够为人民出更大的力，为革命为党做出轰轰烈烈的事业，他应该活着。他的生命比我宝贵，只要他活着，我就是死了也值得！"想到这里，苏明用他的身体盖住小坑。炮弹不断在身边飞舞。爆炸声震聋了耳朵。炮弹像冰雹似的往下落，这次敌人发射的时间特别长。附近的土地被炸成一个个小坑，沙土盖满了苏明身上，苏明没有理会，他心里只有一个念头："只要连长活着！只要连长活着！"

突然间，苏明觉得左膝盖一阵剧烈的疼痛，像刀割，像锥子戳，痛得他昏昏迷迷地晕过去。

当苏明醒来的时候，枪炮声已经在十里外了。太阳已经快落了。在夕阳光下，他看见指导员和小张坐在他身边。指导员看见苏明醒过来，满脸笑容地说道：

"苏明同志，好一些吧。城里的敌人已经全部消灭了。攻城部队一部分配合打援的部队，掉过头来打这股敌人，敌人逃跑了，我们胜利了。"

"胜利了！"苏明无意识地重复一句，"潘连长呢？"

"刚抬下去。"指导员答。

"醒了吗？"

"醒了，他的伤不重，只伤了一只耳朵，是炮弹震晕的。"

"炮弹——呀哟！"苏明还要说什么，忽然觉得左膝盖疼得厉害，他咬着牙，脸上露出微笑。

六

一个月以后。辽西平原围歼战胜利结束的第五天，钢七连开了个评功大会。

评完了功的时候，指导员对大家宣布道：

"还有一件事，昨天接到卫生员苏明同志一封信，"刚站起来要离开会场的一些同志，一听见苏明两个字，便又坐下来听，"这封信是从齐齐哈尔医院寄来的，我现在给大家念一念：'……我上次负伤到后方，膝盖完全打碎了，大腿上的骨头也断了，经过动手术，医生把我的左腿锯去了。我最难过的不是失去了一条腿，因为我打死了十几个敌人，已经够本了。我最难过的，是从今以后，不能再在前方杀敌；不能再和同志们在一起生活；听不见同志们亲热地喊我太阳医生了。但是我并不悲观，我还有一条腿，还能为党工作。院长已经答应我，等我伤口好了，让我在医院里工作，院长准备培养我当司药，我下决心好好学习。我成天想，想着在两年以后，我能有资格进医科大学，将来当个医生，能够为党多出一点力，为人民多做一点事业……'同志们，苏明同志真不愧是咱钢七连的英雄，在前方是个英雄，到后方还是条好汉，昨天我和潘连长商量一下，准备派个同志到后方去慰问苏明同志和别的同志，顺便把上次苏明同志立特功的毛泽东奖章给他捎去，还准备给他写封信，同志们说，这封信该怎样写？"

"我说一个，"士兵委员会的主席站起来说，"这封信应该用士委会的名义，除了慰问苏明同志以外，应该告诉他咱钢七连这次抓了两千多俘虏，还抓了两个师长，三个团长。"

"还缴获了两门榴弹炮，八门迫击炮，二十一个六〇炮，三辆汽车……"小炮班的战士抢着说。

"还缴获四挺重机枪，十五挺轻机枪，一千四百多支步枪……"新来的卫生员说。

"我说一个，"炊事班的老王站起来说："告诉卫生员同志，这次缴了一个美国鬼子造的白铁的行军锅，只有十斤重，行军我老王背着，敲起来哨哨响，做起饭来呱呱叫。叫他放心，我老王再不会做生饭了。同志们再肚子疼，爱晒太阳也罢，不晒太阳也罢，不能怪我老王了……"

"哈哈哈……"一阵笑声，掩盖着老王的话。

"我发表一点，"刚才在会上被评了两大功的通讯员小张站起来说道，"最好由咱士兵委员会给他送一面旗子，上面写上几个大字。"

"赞成！"马上有人赞成小张的意见。于是大家讨论旗子上写什么字。有的说"党军好战士"，有的说"钢铁英雄"，有的说"模范卫生员"，大家争论不休。

"依我的意见，"小张又站起来说，"写上'太阳医生'四个字。"

"不好，不好！"

"尽是你的点子！"

"有什么不好！"小张板着脸孔，他的高嗓子打断了大家的嬉笑，"有什么不好！以前咱们和卫生员开玩笑，也不是什么坏意思，更不是讽刺他，苏明同志的信上，不是说他想当医生吗？太阳两字是好字眼，咱们唱'东方红，太阳升'，编歌子的人爱把共产党毛泽东来比太阳。太阳能发光能发热，哪个伤病员不希望医生给他光明和温暖呢？我说用这个字眼不错。"

经过一番争论，最后大家同意用"太阳医生"四个字。并且推派小张当代表去慰问。

晚上，文化教员按着大家的意见，给苏明写信的时候，潘连长走过嘱咐他说道：

"顺便给我写个信，告诉他，咱七连的老对头新一军，这次被咱们消灭了。还告诉他，运动战一样能打大胜仗，能缴获很多东西，能俘虏很多敌人，并且伤亡不大，这次咱全连只伤亡了二十六名，以前我们的观点是错误的。另外写上，我送给他一支派克钢笔，那是上次作战以后，上级奖给我的，我希望他能努力学习，将来做个名副其实的太阳医生。"

一九四八年冬于平津前线

大风雪里

师田手

【关于作家】

师田手（1911—1995），原名田质成，吉林扶余人。1933 年，师田手开始发表作品；1936 年肄业于北京大学中文系，同年参加革命工作，曾任《东北日报》记者，吉林省文教局长、教育厅厅长及省文教委员会副主任，东北作协副主席、党组副书记等。1949 年加入中国作家协会，著有《燃烧》《活跃在前列》《歌唱南泥湾》《螺丝钉之歌》《红雨集》《田手短篇小说选》《延安》等。小说《大风雪里》被列入"抗战文学名优百篇"。

【关于作品】

《大风雪里》写于 1940 年 9 月，收入小说集《燃烧》。小说描写了为抗日义勇军传递消息的秋姐子被伪满洲国的靖安军抓获。靖安军的士兵和指挥官使出各种招数折磨秋姐子，软硬兼施，企图让秋姐子透露出抗日义勇军的消息。但是秋姐子宁死不屈，始终坚守国家和民族大义，还劝说村妇共同抗日。最终，面对敌人，秋姐子选择以死来保全秘密。她的死亡令靖安军的连部士兵都感到愁苦不安，使他们意识到自己作为中国人却没有保家卫国的屈辱。小说的描写真实、细致、生动，动作描写、语言描写精到，让人身临其境。小说控诉了抗日战争期间伪满洲国靖安军的残暴血腥，塑造了秋姐子这样的英勇无畏、不屈不挠、深明大义的英雄形象。

　　粗暴的大风雪搅闹着旷野、树木和田地全在拼命地吼叫。秋姐子的棉衣大襟被高高地卷到背后，她吃力地顶着狂烈的北风走，怎么也不容易抬起头来。肩上是雪了。胸前是雪了。破烂的四喜帽子上是雪了。垂在背后短短的小辫，红辫梗上也尽是雪了。她的脸埋在黑布围巾里，只由狭狭的缝儿，用半闭起的黄眼睛向外看。广阔的雪烟包围着，她像个逆流的小船帆，缓缓地向前移动。

　　到骡子电附近，她被两个穿羊皮大氅的哨兵捕住。高个的，凶恶的黑脸从黑皮帽子望出来，粗声地喊着：

　　"准不是好东西，这大雪，小兔崽子，跑什么？"

　　没由分说，那高个又说了：

　　"你先在这里，我把这小兔崽子送到团里去。"

　　畏缩地哆嗦着，秋姐子被带到一个宽敞的大院落，在西厢房的房檐下抖掉了身上的雪，大个子便把她拉进去，她的四喜帽子被大个子翻来翻去地看了又捏，捏了又看，最后狠狠地摔在地下，接着翻她的围巾，她的上身，她的内衣，她的裤子。不一会，又来三个吵嚷着的大兵把她围住，帮助大个子来翻。她几乎被剥光了。她看见这些兵士是最凶恶的所谓"满洲国"的靖安军——红袖头，她吓得心像要跳出来，脸色惨白了，毫无办法地嘤嘤地哭着。忽然大个子从她的耳朵眼扯出个小纸球来，如获至宝一般，大声地叫道：

"翻着了！翻着了！"

突如其来的袭击，使她镇静了。正如一般的孩子一样，当秘密未被人发现时，恐惧得不知所以，但秘密一被人发现，倒觉泰然。她很后悔，怎么这么不中用呀！把藏在牙间的两个小纸条吞到肚里去，就害怕得把耳朵里的纸条忘掉，这不是糟糕吗？立刻，新的恐惧又占据了她。抗日联军的行动被他们知道了，可不好，不就一切全完了吗？一切全是她一个人弄坏的，真是罪大恶极啦！抗日的义勇军，要被这些没人心的卖国贼打败，那可不成！她激动得不知如何是好了，没命地向大个子扑去，要抢回那条子，撕毁它，吃掉它。但被大个子一个嘴巴打翻在地上，半个脸蛋红肿了，她挣扎着，又去扑，又被打倒，不自主地号啕大哭起来。

"还得翻，剥光了她翻，一定还有东西！"

穿狐皮大氅的连长走进来，阴险地微笑着，指手画脚地下命令。

秋姐子的四喜帽子，棉衣棉袄，和棉裤，全被挑开了，棉花也全被撕烂了。零乱地扔了一地。她冻得哆嗦着，无力地哭着，浑身隆起数不清的鸡皮疙瘩，怯弱地躺歪在地下。他们将她的红辫梗也打开了，她的黄茸茸的头发披散下来，盖住了满是泪痕的脸和眼睛。最后，在连长的命令下，她的生殖器也被搜寻了。那大个子满开心地张开大手去搜查，南瓜似的面孔上充溢着得意和满足的神色，秋姐子的绝叫和痛苦的挣扎完全未觉得。

秋姐子被带到上屋去了。

兵丁们全忙乱起来。他们给秋姐子换新衣服，拿炭火盆，煮饺子，一时爱护和怜悯她的空气，使整个的连部欢腾起来了，和平起来了，屋子暖烘烘的。大雪片平静地在满了霜的大玻璃窗外缓缓落着。风息了，四处没有一点声音。一分钟前，好似这里并未发生什么意外的事。

"好姑娘，不要怕……"

秋姐子正怯生生地吃下一碗饺子，心里像浮云一般狐疑着——这是怎么一回事呀？那躺在炕里，同连长一起吸鸦片的日本指导官，下了地，徐徐地走到她跟前，亲热得像对自己的孩子一样，对她安抚着。

"这些王八羔子，混账东西，不知好歹的……"

他去抚秋姐子头。她一巴掌把他的手打开，慌慌张张地站起来，想要跑，拼命地大叫：

"吃人的日本鬼子，滚开！"

她被一翻身便从炕上蹦到地下来的连长挡住。那连长，大饼一样白得像羊油的脸，谄媚地笑着，摆在她的眼前。日本指导官做个无办法的手势，向连长递个眼色，就倒在炕上，呼呼地吸起大烟，连看都不向地下看一眼。

"你这小姑娘，真不懂事，皇军大人是仁慈的，给你好的吃，好的穿。你说那些义勇军住哪里呀？你到哪里去呀？你把义勇军的情形说出来！皇军大人送你到东京去观光，去享福哩！"

"汉奸卖国贼，不是你妈养的！"

秋姐子立刻被两个马弁拖到东耳房。那里阴森得像个地窖。除了靠东墙放一张木桌，旁边挂起长短的皮鞭子和铜鞭子，地下是几条长木凳子杠子，和一些稀奇古怪的刑具。秋姐子吓得从头心一直凉到脊梁骨底,打个大冷战。一切要来到的,她全意识到了,恐惧得战栗着。然而她却横了心,紧闭着嘴。

她加入义勇军二年多了,由于年龄小,做过许多这样的工作,全在敌人眼前混过去。这是第一次她被捕,她的小心灵鼓舞着她,她要做抗日英雄。从"九一八"起她看到日本人杀人发威风,打人,奸淫,把什么东西全抢到他们手里去……她心里就生长了一个切切实实的疑问!中国人为什么要被这些小矮个的鬼东西欺侮呀!她加入义勇军之后,她知道日本是帝国主义了,她决心同他拼命,在义勇军里工作,战斗,学习。她父母早死掉,哥哥在义勇军里做战士,家庭是一无所有,父母所遗下的财产,就是把她送到邻家做童养媳,挨打受气,吃不饱。她跟义勇军出来了。她一无所想,只是一条肠子,与义勇军共生死。义勇军胜利了,便天下太平了,人人享福了,大家自由了;义勇军不胜利,鬼子赶不走,那可不成功!这时这些威吓自然动摇不了她的,她觉得这是她不可免要遇到的,她不顾一切了。

"你到底说不说呀?不说就打死你!"

"说!说什么?"

"纸条上写的是什么!什么意思呀?你通通说出来!什么'我们弄好了,准时见吧!'这是什么意思呀?你说!你说!"

"他们没有告诉我,我不知道!"

"你不知道?好!那么你从哪里来,到哪里去。快说!快说!"

连长猛力地击打桌面,秋姐子被震动得心咯噔咯噔地跳,心思一时慌乱起来,还未等她镇静,连长的吼声又迸发了。

"快说!快说!不说要你小狗命!"

她紧闭着嘴,抽噎地哭泣着。

“不说，不说，给我打！”

一个马弁在她腿上一踢，她立刻跪下去。他们将她的头用手巾绑紧，上衣全剥下来。踢她的马弁拉紧在她前额结起的手巾结，另一个兵士把皮鞭子在门边的水桶里蘸一下，板起面孔，走过来，闷闷地牢牢地站在她身旁。她哭着，呜呜地哭着。

“说！说不说！”

回答的是更沉痛的啼哭。

“好！不说，给我打！”

第一鞭子打下去了。当鞭子扬起时，她细嫩的小背脊，突然隆起红红的鞭痕，她的死命的惨叫在这房屋里到处冲撞。但在第二鞭子打下去，那马弁用一把破布把她的嘴堵止，哭声和叫声全闭塞住，鼻孔向外迸着粗气，她浑身的肉暴跳着，她支持不住了，要倒下去，但被那马弁紧紧地拉住，怎么也倒不下去。鞭子又不住地在她背脊上飞舞，不一会，肉皮绽开来，血条向棚上飞溅。在她听到连长又在大喊“说不说！”她已昏厥过去，什么也不知道了，但人们用冷水在她头上喷，她苏醒过来，又听到那横暴的问讯：

“说！说不说！”

她仍是哭，什么都不说。鞭子又开始了。不一会，她又昏厥过去，这样反复三次，最后她苏醒过来时，天已快黑了，她是被放到一个空冷的草房里，草的潮湿气扑入她的鼻孔，四面暗淡得看不清墙壁。外边刮起大风雪来了，树梢在哨叫，窗纸唑唑地吼鸣，风雪向各处突烈地袭击。她疼痛地呻吟着，寒冷得缩成一团。绝望了，她什么全想不出，瞪着惧怕的眼睛，丰满而美丽的面庞，显得有些枯瘦难看了。但她的仇恨同时更沸腾起来了。

一个村妇把她马弁带出去，带到简陋的点起洋油灯的小屋子里。

"……你这孩子，怎么不知道好歹呀！咱们老百姓，谁来就听谁的算啦，日本人不是也很好吗？只要我们对他好，他们那才和气呢！吃的，穿的，全肯拿出来，他们问你什么，你就快说吧，那些义勇军还不都是土匪，成不了大器，为他们吃这苦头，多不上算！"

秋姐子扑在胖胖的村妇的怀里痛哭起来，抽噎了好久，才抬起眼睛，搔着蓬乱的头发，慢吞吞地说道：

"婶婶！你可不明白呀！日本鬼子打到东北来，不是杀就是奸，再不就给抓走了。日本鬼子一点好良心也没有，他要灭亡我们中国，让我们像高丽一样呢，做他的牛马奴隶，没有义勇军，咱们早没有今天了，日本鬼子那就更兴扬了……"

"哟，你可别说了，小心他们听着，日本大人是来使咱们满洲变成'王道乐土'哪，不像那红胡子张作霖，不做好事。"

"婶婶！你太糊涂了！张作霖怎么不好，他是个中国人呀，日本鬼子，日本鬼子是外国人，不怀好心的狼，他要亡我们中国，那不成，婶婶！我们是中国人，那不成！"

"哎哟！你这小孩子可真硬气，问你什么，你就说吧！你这一把子年纪，懂什么，听我的话就没错，不会吃亏！"

"不说，谁说什么，我也不，我是中国人！"

秋姐子，推开那村妇，要跑到屋外去，在门口被两个马弁抓住胳臂，硬押着她走向上屋。

风雪骚乱地冲击着，雪地被他们踏得喳喳地响，已经大黑天了。

上屋里，连长在大声说着：

"非逼问出她来不可。这两天这些匪徒，一定又要有动作，今天晚上问不出来，不成的呀！非问出她来不可！"

秋姐子被带到屋中，连长便暴跳起来，活像个要吃人的饿狼。

"孙大娘跟他说好的还不成呀！好，给我带下去，还是得打，不打是不成的，带下去，打！"

然而，当驸们要把秋姐子拖下去时，日本指导官从炕上走过来，在明亮的灯光中，他的假笑使脸上堆满了粗杂的皱纹。腮间刮光的须根，青得怕人，两眼如豆儿一样闪烁着。

"不，小姑娘！可怜的！"

他指着桌子上的糖果、橘子、梨、罐头之类的东西，又说：

"小姑娘，吃吃，玩玩，谈谈，日本人好哇，不打你。……"

说着，他去拉秋姐子的手，秋姐子猛力挣脱开，大声地叫喊：

"不吃你们日本人东西，不吃，不吃！"

"你好孩子，不打你！你们中国人不好，打你！打得凶哇！"

"还不是跟你们鬼子一样！一样！"

秋姐子摇着披散的黄发，她愤恨地大喘着气，拼命地向日本指导官跳。日本指导官不耐烦地打个手势，立刻几个马弁拥着她走了。

冒着风雪和黑暗，她冻得战栗，不觉间又到了那耳房。里边只点起一盏马灯，在灯近前，桌子和凳子，魔怪一般地伸展出幽暗的身影，像黑夜的山群，狰狞地伏压过来。灯光显得渺小了，仿佛在一个深不可测的洞穴，她浑身打着痉挛，紧闭住眼睛，迎接目前就要来到的一切。

鞭打使她尖利地惨叫，同大风雪的搅闹声混在一起。兵丁们包围着她。日本指导官和连长坐在长桌的后边，每当鞭子从她背上抬起时，便问她：

"说，你的说不说！小杂种！"

"小杂种，你说不说？"

秋姐子第三次昏厥过去，被喷醒的时候，她听见日本指导官说：

"小杂种，不说！给我的灌辣椒水！"

"对！灌辣椒水！"

疼痛使秋姐子几乎失去了自信力，她觉得在最后一次昏厥前的一分钟，难忍的疼痛，要使她把一切实话全涌到嘴边上，但是她还大半清醒着，她的天真和爱护、信任抗日联军的意志，痛恨日本侵略者的怒火，使她把自己内心的一切动摇的东西完全打碎了，毁灭了。她一直紧闭着嘴。她的眼目中，恍惚看见了常常给他们小孩子讲话的大队长黑大的个子，充满笑容和冻疮的大脸盘，他有时摸着她的脑袋，有时则对他们孩子全体放开洪亮的大嗓门说："中国的孩子们，就要为中国去干，绝不投降日本人，做小汉奸，做亡国奴！"

她浑身更厉害地痉挛起来。她记得清清楚楚，她一早出发时，队长按住她小小的肩膀，低沉而微笑地说："秋姐子，路上要加小心，若是被敌人抓住，什么也不能说，就是死也不能说……"

死，这时紧紧抓住了她的心。毒刑她再也忍受不住了，真情实话，不能说，绝对不能说，但发起昏来，神经一错乱，保不定就会乱说出来。秋姐子十四岁了。她的小心灵能思索并判断这些事。生活和战斗锻炼了她，死，她未放在心上，在敌人的手里，她是不怕死的。但是不能死呀！也不叫死呀！总是不死不活地受大罪呀，她脸色惨白了，黄眼珠射出尖利的坚决的光芒。

歇息了有五分钟的光景，好似一切都准备好了，她便被两个马弁从地下拎起来，拿过一个板凳，开始要给她灌辣椒水。她立刻号啕地哭出来，可怜见的样子，向日本指导官和连长抽噎地说："我，我说，'皇军'大人，我，我，我说……"

"好孩子，你说，给你好的吃呀！"

"我，我怕，我，我害怕，让他们这些兵，兵，都，都站远一点，他们，他们，我，我怕，我不敢说……"

"站远点，混账王八蛋！"

十几个兵士全站到门外去了。日本指导官和连长得意的笑脸在灯火下显得特别难看，他们迫切地望着秋姐子，屋中静得一点声音也没有，黑暗似乎越扩展起来！外边的风雪在号叫，使黑暗打起抖来，有些畏缩了。就在这时，秋姐子含混不清地惨叫一声，突然倒下去。而日本指导官还正在假装和善地说："好孩子，你说，好好地说！"

秋姐子打着滚，一种难忍的疼痛使她颤抖着，缩成一团。兵士们将她包围起来了。他们看到她嘴角不住地流血，便吃惊地叫起来："怎么啦？怎么啦？快看！"

一个马弁提过了马灯来照，日本指导官和连长，木鸡似的站在那里，混乱中，一个兵士忽然叫道："她把舌头咬断了！"

日本指导官立刻暴跳起来，瞪大了眼睛，发光的脸上充满着怒气，他猛力地拍一下桌子，狠命地大叫："拉下去！枪毙！小杂种，不是好人，不是好人的！"

连长骇得脸发白了，也跟着叫。

"枪毙！枪毙！"

然而日本指导官的巴掌打下来了，跟着便大骂他："你他妈的浑蛋，兔崽子王八蛋！"

秋姐子被拉下去了。

大风雪怒号着，黑暗在雪的光辉里踯躅，人们正在酣睡。一声微弱的枪声后，还是大风雪的沉重的怒号。

早晨快来了，大风雪还未停止。

一阵大风猛然地刮了起来，雪片便被搅乱，树梢、房屋、大地全一齐呼啸起来。屯子里鸡叫着，狗也在吠，大风雪中，东方发亮了，秋姐子的血像从地平线上升起的太阳照耀着大地，早晨就来到了。